Alfred Schirokauer
Der Held von Berlin

AF220594

Der Held von Berlin

Roman

von *Alfred Schirokauer*

Books on Demand
Norderstedt

Bibliografische Information der Deutschen Nationalbibliothek:
Die Deutsche Nationalbibliothek verzeichnet diese Publikation
in der Deutschen Nationalbibliografie; detaillierte bibliografische
Daten sind im Internet über http://www.dnb.de abrufbar.

Gesetzt mit LuaLATEX aus der »Analogia«.

Herstellung und Verlag:
BoD – Books on Demand, Norderstedt
www.bod.de
ISBN 978-3-7528-3178-8

1

Die Probe des »Columbus« floß heute fehlerlos dahin. Die Soli, die Chöre, die Tänze, alles saß. Maje-
stätisch strömte die prunkhafte, in leidenschaftlichen
Szenen oft zu echt menschlichem Geschehen gestal-
tete Opernrevue dahin. Das Finale des zweiten Aktes
setzte ein.

Der beglückende Sopran der Königin Isabella stieg
wie eine weiße funkelnde Rakete empor. Der weiche
Alt der Donna Felipa, des klagenden Weibes des Columbus, fing die niederrieselnden Silbersterne dieser
Stimme auf und schwebte tragisch umflort über dem
Abschiedsbilde. Dann strahlte der Tenor des Columbus auf.

Alles lauschte ergriffen. Zum ersten Mal entfaltete
Henry Bara auf der Probe voll diese schönste Stimme,
die auf Opernbühnen erklang, seit Caruso schwieg.
Sofort riß er alle in die Gewalt dieses Brio. Bis zum
letzten Bühnenarbeiter empfand jeder die Heiligkeit
dieser begnadeten Töne.

Da – mitten hinein in die letzte Strophe des Liedes
von Triumph und Ausfahrt, brüllte eine Reibeisen-
stimme aus der dunklen Tiefe des Zuschauerraumes:
»Halt! Aufhören!«

Bara brach jäh ab und blickte verdutzt und empört auf den Störer. Der Kapellmeister, der Komponist der Opernrevue, – es war sein geniales Erstlingswerk – klopfte ab. Die Instrumente schwiegen abrupt. Eine Flöte tönte quiekend nach.

Im Zuschauerraum schlug ein gepolsterter Sitz wattig gedämpft empor. Die kleine, gedrungene Gestalt des Direktors polterte aus dem Parkett, hastete durch die schummrige Düsternis und eilte über den Holzsteg, der Zuschauerraum und Proszenium verkettete, hinauf zur Bühne. Jetzt stand Fritz Buchner, der Direktor, zwischen den Probenden.

»Das Abschiedslied ist viel zu lang! Viel zu lang!« stieß er hervor. »Das Publikum wird unruhig.«

Dann wandte er sich an den Kapellmeister, dessen junge vergeistigte Züge in dem matten Widerschein der abgeblendeten Pultlampe gespenstig scharf hervortraten, und rief: »Die zwei letzten Strophen werden gestrichen!«

Der Komponist hob das Gesicht zur Bühne empor, nickte traurig und ergeben und griff zu dem langen Blaustift, der schon viele klaffende schmerzvolle Wunden in seine Schöpfung gerissen hatte.

Da erklang wieder die Stimme des großen Sängers. Aber sie hatte jetzt nichts von ihrem metallisch bezaubernden Schmelz. Sie klang wie eine gewöhnliche irdische, böse Stimme.

»Die beiden Strophen werden nicht gestrichen,« widersprach Bara sehr bestimmt. »Es ist die einzige

Stelle in der ganzen Revue, in der ich meine stimmlichen Mittel endlich mal entfalten kann.«

Der Direktor blickte steil zu der hohen Gestalt Baras empor. Er hatte schon manches während der Proben von diesem verwöhnten Tenor erduldet. Das Maß war voll. Mühsam beherrschte er noch sein cholerisches Temperament.

»Aber liebster Herr Bara,« plädierte er und räkelte nervös die Schultern, »das Lied ist zu lang, sage ich Ihnen. Das Publikum wird kribbelig.«

»Das Publikum pflegt nicht kribbelig zu werden, wenn ich singe,« entgegnete Bara arrogant.

Da kochte Buchner über.

»In diesem Theater bestimme ich,« barst er los. »*Ich* führe die Regie. Ich muß Sie dringend ersuchen, sich meiner Anordnung zu fügen.«

»Und ich muß Sie dringend ersuchen, mit mir in einem angemessenen Ton zu reden,« brauste auch jetzt Bara auf.

Da trat Fatma Nansen, die Altistin, zu dem Sänger. Das Licht auf der Bühne war gedämpft und mild. Nur hoch oben am Schnürboden brannte eine Lampe. Dieses Halbdunkel hüllte gütig einen Schleier über die Jahre und tiefen bösen Runen in Fatma Nansens Gesicht. In dieser gnädigen Beleuchtung war sie rührend schön, und die Zerstörung schwand, die eine lange Bühnenlaufbahn und viel Leid ihrer Leidenschaft in ihre Züge gegraben hatte.

Leise flüsterte sie Bara zu: »Mach keine Szene, Liebster. Der Mann hat recht.«

Dabei legte sie begütigend und beschwörend die Hand auf seinen Arm.

Brüsk schüttelte Bara sie ab und schrie brutal: »Laß mich in Ruh! Ich weiß allein, was ich zu tun hab.«

Es war, als hätte er die Frau ins Gesicht geschlagen. Jeder Chorist und jeder Beleuchter wußte, daß sie Baras Geliebte, wußte, daß sie ihm von Amerika nach Berlin gefolgt war, daß sie für eine, an ihrem Ruhm gemessene, lächerliche Gage die Rolle der Donna Felipa übernommen hatte, um in seiner Nähe zu sein. Alles dies wußte der Kulissenklatsch. Und sie wußte, daß alle ihre Stellung zu Bara kannten. Darum fällte sie diese rohe öffentliche Zurückweisung. Trotz der fahlen Beleuchtung sah jeder, wie sie erbleichte und ihre Gestalt zusammensank. Ihre Schultern sanken wie gebrochene Flügel. Sie wich zurück. Da trat Jo Ternitz, die Sopranistin, zu ihr.

Jo war nicht schön. Aber selbst in diesem Dämmer der Bühne schien es, als würde sie von einem Scheinwerfer bestrahlt. So sah sie immer aus. So hell. So von innen beleuchtet. So in den Mittelpunkt gerückt. So kontrastreich hell und dunkel war ihr rassiges Gesicht.

Es waren eigentlich nur wenige Linien: feine Brauen – echte, große längliche blaue Augen, eine starke charaktervolle Nase, ein großer Mund mit prachtvollen Zähnen, ein festes, energisches Kinn. Braune Haare als Rahmen.

Sie trat dicht hinter Fatma Nansen und strich mit einer scheuen kindlichen Bewegung über den Rücken der Kollegin. Sie fühlte, wie das Fleisch unter dem

Kleid zitterte. Sie wollte ihr nur zeigen, daß sie bei ihr stand, wollte sie trösten und kameradschaftlich besänftigen.

Doch ihre Zärtlichkeit nahm Fatma die letzte Beherrschung. Sie litt im Geheimen schon lange. Jetzt hatte Bara den letzten Schein zertrümmert. Unter vier Augen behandelte er sie seit Tagen mit der Rücksichtslosigkeit, die er heute vor allen offenbart hatte. Seitdem sie in Berlin waren, hatte er sich geändert. Sie ahnte und witterte die fremde Frau.

Inzwischen hatte der Disput zwischen Buchner und Bara weitergebrannt.

»Ich bin nicht von Amerika nach Berlin gekommen, um mich in einer lächerlichen Rolle zu blamieren,« schnaubte der Tenor.

Noch ein Mal versuchte Buchner einzulenken. »Aber lieber Herr Bara, auf die zwei Strophen kommt's doch nicht an. Sie haben die ganze Revue. Sie kommen überhaupt nicht von der Bühne.«

»Ich bestehe auf den drei Strophen meines Abschiedsliedes,« beharrte der Sänger mit unverschämter Heftigkeit.

Sensationsgierig verfolgte alles den Streit der beiden Männer. Buchner fühlte, daß seine Autorität auf dem Spiel stand. Er riß sich so weit empor, als sein kleiner drahtiger Körper es gestattete, und schäumte: »In diesem Hause befehle ich. Sonst keiner. Verstanden! Sie haben zu singen und die Gage einzustreichen. Weiter nichts.«

Da spielte Bara großes Theater. Er machte es kläglich. Seine schauspielerische Begabung war gleich null. Er war ein miserabler Mime. Doch man vergaß seine darstellerischen Mängel über dem Zauber seiner Stimme.

Er packte die Rolle und warf sie mit einer gewaltigen Geste dem Direktor vor die Füße. Dabei rief er: »Sie scheinen nicht zu wissen, wie man mit Künstlern meines Ranges umgeht, Herr. Lassen Sie Ihre kastrierte Rolle von Herrn Müller oder Herrn Schulze singen. Ich bin solche Anremplung Gott sei Dank nicht gewöhnt und lasse sie mir nicht bieten.«

Dann wandte er sich großartig auf dem Absatz um und schritt in einer Haltung, die er für imponierend hielt, in die Kulisse.

Im Bühnen- und Zuschauerraum vereiste alles Leben. Eine Erstarrung folgte dem turbulenten Abgang. Buchner stierte mehr perplex als ergrimmt dem Enteilenden nach.

Da geschah es. Da geschah etwas unerwartetes. Peter Heise stürmte aus der Rotte des Chores hervor, platzte auf den verblüfften Buchner los und keuchte zwischen Zähnen, die vor Erregung klirrten:

»Herr Direktor, geben Sie mir die Rolle! Ich kann sie Wort für Wort, Ton für Ton. Ich hab sie studiert, die Nächte hindurch. Ich will es Ihnen beweisen. Kapellmeister, spielen Sie das Abschiedslied.«

Und ohne auf die Begleitung zu warten, begann Peter Heise, das unscheinbare, kaum je beachtete Mitglied des Chores, das Abschiedslied des Columbus zu singen, das für Henry Bara, den großen Tenor der Metropolitan Opera, komponiert worden war.

Es war nicht die kultivierte, vornehm geschulte und liebevoll gepflegte Stimme Baras. Aber es war ein Tenor, durchzittert von einem erquickenden Hauch von Natürlichkeit, durchpulst von Leben und warmem Blut. Aus Baras Kehle hatte dieses Abschiedslied des großen Genuesen geklungen wie ein altspanisches Chanson. In Peter Heises Mund wurde es zu einem deutschen Volkslied.

Doch keiner hörte und empfand dieses Gottesgnadentum, das wie ein reiner, fortreißender Gebirgsbach diesem Mann aus dem Herzen drang. Die taufrische Stimme drang nicht hindurch durch die dicken Nebelschwaden der Voreingenommenheit, der Gewöhnung, der Abwehr und der Lächerlichkeit. Die Stimme zerschellte an der stählernen Umpanzerung des Vorurteils, schlug nicht hindurch bis in die Sinne dieser verblüfften Theatermenschen.

Was? Dieser kleine Chorist wagte nach *der* Solorolle der Opernrevue zu greifen! Er hatte den unverfrorenen Wahnwitz, für Bara einzuspringen, für den berühmtesten lebenden Tenor, den Empfänger einer sagenhaften Gage, über deren Höhe sich die Zeitungen in phantastischen Vermutungen stritten! Der Kerl war ja vollständig übergeschnappt.

Alles bog sich vor Lachen. Buchner lachte, der Chor lachte, das Orchester lachte, der letzte Beleuchter lachte, Fatma lächelte, trotz ihres Kummers, nur Jo

Ternitz lachte nicht. Sie liebte fast schon den kleinen Choristen.

Die Bühne war plötzlich von einer höhnenden Heiterkeit überflutet. Die vielen Gänge der Hinterbühne spieen die Spötter aus. Alles strömte herbei, diesen vermessenen Komiker wider Willen zu hören. In diesem Orkan des Gelächters ertrank die Stimme Peter Heises.

Doch den Sänger traf der ätzende Hohn der Kollegen nicht. Er hörte und sah ihn nicht. Er war nicht mehr von dieser Welt. Er war entrückt zu den Höhen seiner Lebenssehnsucht.

Er *wollte* hinauf. Endlich. Er *wollte* die Rolle erobern. Er *wollte* beweisen, daß er sie zu tragen vermochte. Seit Wochen, seit Monaten, ja, seit Jahren hatte er auf diesen Augenblick gewartet, für ihn gelitten und gedarbt und ihn mit einer monomanen Inbrunst und Gewißheit erharrt. Er wußte seit dem Tage, an dem er aus dem Fischerboot, aus dem kleinen friesischen Dorf auf Sylt durchgebrannt war und sich mit der unhemmbaren Verve des Genies der Bühne entgegengeschleudert hatte, daß er zum Sänger größten Formats, zu höchstem Opernruhm vom Schicksal erkoren war. Wußte es, wie jeder es glaubte, der geblendet der Fata Morgana der Bühnenlaufbahn zujagt. Nur verbissener, besessener, phantastischer und berechtigter wußte er es, war von seiner Berufung durchglüht in der Esse seiner niederdeutschen starrnackigen Zähigkeit.

Nie in all den Jahren des erbitterten Kampfes um Bildung und Schulung der Stimme, nie in dieser harten Zeit der Erfolglosigkeit, der kläglichen Arbeit um das tägliche Brot, hatte er den Mut verloren, nie den Glauben an sich und seine titanische Zukunft. Er hatte das verwunschene Leben im Chor, in der Erniedrigung, in der Verpuppung ertragen in der steten, nie beirrten Zuversicht, daß eines Tages, urplötzlich, vom Himmel her seine Gelegenheit, seine große Chance, die Entzauberung auf ihn niederstürzen würde.

Daher überraschte sie ihn heute nicht. Er war auf sie vorbereitet, immer, zu jeder Stunde. Immer studierte er mit schonungsloser Energie die männliche Hauptrolle jeder Revue, jeder Operette, jeder Oper, in der neu er an seinem bescheidenen Schattenplatz mitwirkte. Seine Lebensdevise lautete: bereit sein für den gewaltigen Augenblick, der ihn emportragen würde.

Und darum berührte ihn der gassenbübische Hohn und Spott der Kollegen, der Bühnenarbeiter, aller dieser Leute vom Bau nicht, durchstach nicht die schirmende Rüstung seiner naiven nachtwandlerischen Selbsteinschätzung. Nur ein Ziel sah er in diesem kritischsten aller Momente: den Direktor zu packen, zu überzeugen, zu bezwingen.

Und das Wunder aller Wunder geschah. Zwar nur als perfide List. Doch davon wußte Peter Heises ehrliches Fischergemüt nichts. Er durchschaute die Tücke des Direktors nicht. Er sah nur die Tatsache, daß der Direktor ihm ein Zeichen gab, innezuhalten, ihn gedankenvoll ansah – Buchner war einst ein berückender

Schauspieler gewesen und hatte, trotz seiner kleinen Gestalt, die größten Rollen gespielt zum Ruhme des Brahmschen Ensembles – und dann laut und eindringlich die Worte sprach, die Heise aus einem Nichts zu einem König der Bretter, zu einem Gott erhoben:

»Garnicht übel, mein Gutester, famos, mein Lieber. Ihre Stimme ist sehr passabel – !«

Der Direktor hatte Heise kaum beachtet. In ihm zitterte angstvolle Sorge. Was sollte aus der Revue werden, wenn Bara wirklich die Rolle hinschmiß? Er sah und hörte den kleinen Gernegroß und überspannten Rollenmarder da vor sich ohne Verwunderung. Er hatte zu lange Kulissendunst geatmet, um über eine Schauspielermanie zu staunen. Er dachte nur voll Bangen an die Gewaltreklame, die er mit Baras Namen gemacht hatte, an die verlorenen Kosten und an seine gefährdete Revue. Und sah sehr deutlich, daß der große Sänger auf seinem heroischen Rückzug in der Seitensoffitte Halt gemacht hatte, als dieser stupide Chorist ihn mit seiner Irrsinnsbitte ansprang und argwöhnisch lauschte, als er zu singen begann.

Da durchblitzte den mit allen Wassern gewaschene Berliner Bühnenleiter ein kühner Gedanke. Hier half nur ein verwegener Coup. Diesen hochnäsigen Gesellen, den Bara, bei seiner stärksten Begabung packen, bei seiner Eitelkeit. Er riskierte es. Er strich sich das glattrasierte Kinn, daß es kratzig schabte in die erwartungsheiße Stille, und sagte nachdenklich:

»Haben eine ausgezeichnete Stimme, mein Lieber. Sind mir schon lange im Chor aufgefallen.«

In Wahrheit sah er den Friesen heute zum ersten Mal bewußt auf seiner Bühne. »Kommen Sie mit ins Büro. Wir wollen die Sache besprechen.«

Und zur Allgemeinheit gewandt, rief er: »Die Probe ist auf fünf Minuten unterbrochen. Keiner rührt sich von seinem Platz.«

Da griff das Wunder auf die andern über. Der feixende Hohn wandelte sich in bestürzten Neid, in fassungslose Achtung. Sollte dieser Chorist, dieser Mensch der Maße, dem nie die kleinste Solopartie anvertraut worden war, wirklich mit einem Riesen-Saltomortale die tragende Rolle, die Rolle des Prominentesten unter den Prominenten, die Bombenrolle Baras erobern?!

Jo Ternitz strahlte jetzt, als wäre sie selbst ein Scheinwerfer. Heise hatte das Gefühl, ihn hebe eine Riesenfaust von den Brettern und trage ihn durch die Luft. Die Bühne, die Kollegen, die Sänger, die Arbeiter, alles wirbelte in einem Schneeflockengemengsel vor seinen Augen. In diesem Chaos gab es nur *einen* ruhenden Pol, an dem sein schwindelndes Bewußtsein sich festsaugte: die kleine gedrungene Gestalt des Direktors, die vor ihm herschritt, wie die leitende Feuersäule vor den aus Ägypten ziehenden Hebräern. Die Kniekehlen waren weich und drohten unter ihm fortzusacken. Er wagte nicht, nach rechts noch links zu blicken, hielt die Augen starr gebannt auf den Rücken Buchners, aus Furcht, von der Gewalt seines Glückes, von der Macht des sausenden Überschwanges in seiner Brust, von seinem unbegreiflichen Erfolg hingemäht zu werden.

Da zerstob der Hexensabbat. Da geschah etwas Furchtbares.

Langsam schritt der große Tenor über die Bühne.

»Buchner!« rief diese vergötterte, hochgebenedeite Stimme.

Der Direktor blieb kurz vor der Bühnenwand stehen. Das Herz setzte dem gerissenen Va-Banque-Spieler aus vor Entspannung. Schon hatte er seinen gewagten Coup verloren gegeben. Doch keine Linie zuckte in dem ledernen, mageren Schauspielergesicht. So hart bändigte er die Freude, die ihm die Brust auseinandersprengte.

Der Sänger versuchte ein schalkhaftes Lächeln. Es mißlang, wie ihm fast jedes Mienenspiel verunglückte.

»Sie haben für einen Revue-Direktor verdammt wenig Humor,« suchte Bara zu scherzen. »Ich habe doch nur Spaß gemacht, Natürlich singe ich die Rolle.«

Bara war unter Alltagsverhältnissen kein rascher Denker. Doch er hatte sofort erkannt, daß hier außergewöhnliche Dinge geschahen. Kopfüber war er in Buchners List hineingepurzelt. In törichtem Entsetzen hatte er gesehen, wie rasch und gleichmütig der Direktor über seine Absage zur Tagesordnung überging. *Er* hatte den naturnahen, echten Klang in der Stimme des kleinen Choristen sehr wohl vernommen. *Er* hatte mit den tausend Ohren des eifersüchtigen Nebenbuhlers gelauscht. Selbstverständlich stand diese Stimme klaftertief unter seinem illustren Organ.

Kein Adel. Keine souveräne Tonbildung. Aber diese Direktoren! Er wußte längst, daß sie von Stimme so viel verstehen wie der Ochs vom Seiltanzen. Wer konnte wissen! Durfte er einen Kontraktbruch, einen Skandal riskieren? Ein sensationeller Krach schadete auch dem berühmtesten Namen. Und morgen war Gagentag! Natürlich würde Buchner für die verflossene Zeit nicht einen roten Heller bluten. Nein, nein, lieber klein beigeben. Den Zorn vertagen. Der Tag der Heimzahlung und Rache würde schon noch kommen, ein ander Mal, wenn er alle Trümpfe in der Hand hatte. Er würde sie ausspielen! Aber heute? Sich von diesem Nichts da ausstechen lassen. Das hieß, seine Karriere einfältig gefährden. Wenn der Kerl Erfolg hatte! Dem Publikum war alles zuzutrauen. Es wiehert oft der notorischen Impotenz zu. Dann war er erledigt. Dann hieß es unausweichlich: den Bara kann jeder Chorist ersetzen. Nein, nein. Heute klein beigeben. Die Revanche für eine günstigere Gelegenheit aufsparen. Und darum versuchte er mit seinen unzulänglichen mimischen Mitteln das überlegen schelmische Lächeln.

»Ich habe gewußt, daß Sie nur scherzen, mein lieber Bara,« log Buchner dreist, »und bin auf Ihren Scherz eingegangen, um Ihnen die Laune nicht zu verderben. Also weiter!« rief er in das Orchester hinab. »Zwei Strophen streichen. Dann nochmal das Finale von Anfang!«

Damit kletterte er wieder in den Zuschauerraum hinab. Das Intermezzo war vorüber.

Peter Heise sank zurück in die dunkle Anonymität des Chores.

2

Das Ensemble des »Columbus« war, wie alle Spiel-
gemeinschaften Berlins, nur zur Aufführung dieser Opernrevue zusammengestellt worden. Aus allen
Ecken und Enden der Berliner Theaterwelt waren die
Mitglieder herangezogen worden, waren einander bis
auf die wenigen Solodarsteller, die schon früher miteinander gespielt hatten, unbekannt und fremd und
ein wenig verdächtig.

Jetzt aber kannten plötzlich alle Peter Heise. Er war
in den Mittelpunkt des Interesses gerückt. Er war zur
komischen Figur dieser Theatergemeinde geworden.
Hätte er Erfolg gehabt, wäre er mit seiner verwege-
nen Tat durchgedrungen, so wäre er der Held des Tages und dieses Theaters gewesen. Alle hätten sich in
Staunen und Neid vor ihm gebeugt, und neue verführerisch lockende Mythen über die sagenhaften Möglichkeiten der Bühnenlaufbahn wären aufgesprungen.
Neue Schwärme von Gläubigen und Betörten wären
dem Sirenengesang von dem märchenhaften Glück
gefolgt, das in dieser Flitterwelt blühe.

Doch Märchen geschehen nicht in dieser realsten
aller Welten. Und Peter Heise wurde nicht der Held
dieser Bühne, sondern ihr Clown.

In den Pausen der Probe wurde er von den Kollegen weidlich verhöhnt und gehänselt. Doch der Spott prallte wirkungslos an ihn ab. Er war eine völlig in sich verkapselte Natur, die nach außen geringe Angriffsflächen bot. Auch war er heute viel zu sehr mit seinem Erfolg beschäftigt.

Ja, er glaubte an einen Erfolg. Er, wie Bara, waren die einzigen, die von der argen List Buchners dupiert worden waren. Anfangs hatten wohl auch die Andern minutenlang an den Ernst des Direktors geglaubt. Doch als der große Tenor prompt auf die schlaue Finte hereingefallen war, begriffen alle – außer den beiden Hauptbeteiligten – den Schauspielertrick Buchners.

Heise war heilig davon durchglüht, daß sein Gesang dem Direktor gefallen hatte und daß er die Rolle erhalten hätte, wenn Bara nicht im letzten Augenblick zu Kreuz gekrochen wäre. Es war für ihn eine niederschmetternde Enttäuschung, aber zugleich doch auch ein sichtbares Zeichen dafür, daß er alle diese Jahre nicht einem phantastischen Ziele zugestrebt hatte. Er hätte doch die Rolle erhalten, wenn – –, ja, wenn – – –!

Er hegte gegen Bara keinen Groll und keinen Haß. Er war ein großer und neidloser Mensch und viel zu sehr Künstler, um die Kunst Baras nicht demütig zu verehren und sein Recht auf die Rolle des »Columbus« nicht zu achten. Aber der Auftritt hatte ihm, bei aller Enttäuschung, doch neuen Mut und neue Kraft zum Durchhalten gegeben. Und darum prallte jeder Hohn und jeder Spott wirkungslos an ihm ab.

Die Probe war zu Ende. Am Bühnenausgang sprach Jo Ternitz Heise an. Es fiel ihm nicht auf. Sie hatte auf ihn gewartet. Er hatte – vom ersten Tage an – ihre Teilnahme gewonnen. Sein schmales, klares, kantiges Gesicht hatte etwas ihrem Wesen Verwandtes. Es gefiel ihr. Es lockte sie zu weiterer Entdeckung.

Seine stämmige, schlaksige Gestalt entsprach irgendwie dem Urbild des Männlichen, das sie in ihrem Gemüt trug. Seine Stimme, die aus dem Chaos des Chors herausdrang, war ihr schon bei der ersten Probe aufgefallen. Sie hatte gerade vor Heise gestanden, zufällig. Da brach dieser starke volkstümliche Tenor hinterrücks über sie her wie eine Woge. Sie wandte sich überrascht um und sah ihn zum ersten Mal. Von da an sah und hörte sie ihn immer wieder. Seine Stimme, sein Gesicht, seine Figur, seine Persönlichkeit, sein Wesen, von dem sie so gut wie nichts wußte, übten auf sie eine bannende Gewalt. Alles sprach in einer neuen, nie erlebten Art zu ihren Sinnen. Dieser große kleine Chorist mit dem sandfarbenen wüsten Haarschopf und dem schäbigen Anzug war der erste Mann, der Jo Ternitz erregte und in seinen mystischen Lebenskreis sog.

Sie war ein verwöhntes Kind des Glücks, stammte aus sehr gutem Hause – ihr Vater war ein bayrischer General – und hatte fast mühelos ihren steilen Weg gemacht. Aus dem Unterricht einer abgedankten berühmten Sängerin war sie ins Engagement nach Stuttgart gekommen. Nach zwei Jahren bewarb sich Dresden um ihren berückenden Sopran. Von dort hatte Buchner sie für die Rolle der »Isabella« nach Berlin geholt.

Es war alles von selbst, ohne Anstrengung, ohne Enttäuschung, scheinbar ganz selbstverständlich verlaufen. Nicht ohne angestrengteste Arbeit an sich und ihrer Stimme. Nicht ohne unermüdlichen Fleiß. Aber doch ohne Demütigung, ohne verzagtes demütigendes Warten, ohne Herz und Nerven zermürbendes Hoffen.

Viele Männer waren Jo Ternitz begegnet. Kollegen und sogenannte Mäzene und Verehrer ihrer Kunst. Keiner hatte Eindruck auf sie gemacht. Mit ihrer liebenswürdigen Sicherheit hatte sie jede Bewerbung um ihre Liebe oder ihre Hand abgewiesen. An diesem unbedeutenden, abgerissenen Choristen Peter Heise erfüllte sich, ihr noch unbewußt, ihr Geschick. An seiner in sich gekehrten, knorrigen Männlichkeit erwachte ihr Frauengemüt.

Nie zuvor hatten sie miteinander gesprochen. Er war zu erfüllt von sich und seinem Ehrgeiz, um sie zu bemerken. Zu besessen von seinem Drange hinauf, um seine Augen auf eine Frau zu richten. Zu beschäftigt, sich fortzubilden und zu vervollkommnen, musikalisch und wissenschaftlich, um Zeit für Abenteuer zu erübrigen.

Heute wartete sie auf ihn. Als er herauskam, sprach sie ihn an:

»Ich hätte gern einmal mit Ihnen gesprochen, Herr – – wie heißen Sie eigentlich?«

Er blickte sie überrascht an.

»Heise,« sagte er zurückhaltend und blieb stehen.

Aus dem Bühnenausgang schwärmte das Personal hervor. Neugierig erstaunte Blicke umtasteten die bekannte Sängerin und den komischen Choristen.

»Wir wollen gehen,« schlug sie vor.

Sie gingen an der Spree entlang auf das Reichstagsgebäude zu. Ein ungleiches Paar. Sie war groß, aber sie reichte ihm nur bis an die Schultern. Sie war elegant, er armselig und dürftig. Sie war modern und schick, trug einen Tigerpelz mit einem weichen braunen Waschbärkragen und ein kleines braunes Hütchen, sah forsch und sportlich aus. Er trug, trotz der Kälte, einen fadenscheinigen, dünnen Sommermantel – ein wenig ausgewachsen schien er ihrem mitleidigen Blick – und einen überalterten, zerschundenen, weichen Hut. Er war nicht der passende Begleiter für eine mondäne junge Dame.

Aber das sah sie nicht. Sie sah nur traurigen Gemütes, daß er fror. Stumm gingen sie eine Weile nebeneinander her. Das von einem Eishauch übersponnen gefrorne Wasser der Spree dampfte. Dann eröffnete sie das Gespräch.

»Das war ja ein tollkühner Streich von Ihnen! Aber er hat irgendwie zu Ihnen gehört.«

»Wieso?« fragte er mißtrauisch. Was wollte das Mädchen von ihm.

»So,« entgegnete sie munter. »Ich hatte den Eindruck, daß –« sie suchte das Wort und fand es, »daß Kühnheit zu Ihnen paßt.«

Er antwortete nicht. Plötzlich schoß aus ihm die Frage hervor:

»Wie hat Ihnen meine Stimme gefallen? Aber ganz ehrlich! Sie verstehen etwas davon. Wer seine Kehle beherrscht wie Sie – Sie singen wie – – wie man sich im Traum vorstellt, daß eine Frau singen muß.«

»Sie sind sehr liebenswürdig,« lächelte sie mit einer ganz leisen Ironie.

»Nein, garnicht, ich sage immer nur, was ich meine.«

»Ich auch.«

»Also, durfte ich mich nach Bara hören lassen?«

Sie sah zu ihm auf, sah seine hellen, grauen Augen mit einer brennenden Erwartung auf sich gerichtet.

»So gut wie Bara war es nicht,« bekannte sie dann ehrlich.

»Das weiß ich,« erwiderte er tapfer. Doch seine Stimme war heiser und belegt. Sein Kinn vergrub sich in dem hochgeschlagenen Mantelkragen. Da fuhr sie hastig fort:

»Aber lieber Kollege, bedenken Sie, Bara ist der größte lebende Sänger.«

»Weiß ich.«

Es klang so mutlos, daß sie heftig erwiderte:

»Erlauben Sie mal, man muß sein Ziel nicht gleich in die Wolken stecken.«

»Doch,« beharrte er, »ganz hoch muß man es sich stecken. Zu den höchsten Möglichkeiten. – – Es hat Ihnen also nicht gefallen?«

»Fallen Sie nicht von einem Extrem ins andere,« mahnte sie vorwurfsvoll. »Sehr hat es mir gefallen. Ganz hervorragend hat es mir gefallen. Deshalb habe ich Sie doch angesprochen. Ist es Ihnen noch garnicht aufgefallen, daß ich Sie angesprochen habe? Oder glauben Sie, es ist meine Gewohnheit, jungen Männern aufzulauern?«

Er blickte unsicher von seiner Höhe zu ihr nieder. Sie sprach fort:

»Ihre Stimme ist anders – urwüchsiger, weniger parfümiert, wenn ich so sagen soll, als Baras. Sie haben ein wunderbares Material.«

Er blieb stehen.

»Ist das Ihre ehrliche Überzeugung?« Er ballte vor Erregung die Hände, daß die Knöchel weiß aus der blaugefrorenen Haut hervortraten.

»Ja,« sagte sie überlaut. Ihre blauen Augen brannten zu ihm empor. Wie St. Elmsfeuer, dachte er.

»Danke,« sagte er mit einem tiefen Seufzer der Beglückung. »Mehr wollte ich nicht wissen.«

»Aber ich möchte gern mehr wissen,« lachte sie, faßte ihn formlos am Arm und ging weiter.

»Was?« fragte er und folgte gefügig.

»Wie sind Sie zu diesem – sagen wir, etwas ungewöhnlichen Schritt gekommen?«

»Mich für die Rolle anzubieten?«

»Ja.«

»Erscheint Ihnen das so ungewöhnlich?«

»Ja. Ich habe es noch nicht erlebt, daß ein Mann – einer, der – –«

»Sagen Sie es doch frei heraus, daß ein nichtiger Mensch aus dem Chor sich erdreistet, nach der ersten Rolle einer Oper zu greifen.«

»Ja, wenn Sie es so wollen.«

Da brach er aus: »Aber Fräulein Ternitz, darauf warte ich doch tagaus, tagein, seit Jahren.«

»Worauf?«

»Auf diese Gelegenheit.« Er sagte es so verbissen und zugleich so selbstverständlich, daß sie durch diese Worte tief in ihn hineinsah wie durch offene Fenster seiner Seele.

»Ach so,« nickte sie begreifend und kannte den ganzen Mann.

Er schwieg eine Weile, ehe er mit einer Leidenschaftlichkeit fortfuhr, die das Feuer verriet, das in ihm glomm.

»Ja, mein Gott, wie soll man denn hinaufkommen? Glauben Sie, ich will als Chorist enden? Sie verstehen das nicht. Sie sind in jungen Jahren hinaufgelangt. Sie sind eine der Wenigen, denen es leicht gelungen ist. Aber ich! Soll das alles umsonst sein, was hier drinnen an Können und Wollen lodert?« Er schlug sich heftig mit der Faust gegen die Brust. »Immer nur im Chor. Nie die kleinste Rolle. Immer nur die dicken Namen, immer nur die Prominenten werden dazu engagiert. Aber sagen Sie mir um alles in der Welt, wie soll man sich einen Namen schaffen, wenn man nie dran kommt?! Es ist, als wenn man gegen Mauern anrennt. Die Agenten lächeln und zucken die Achseln. Die Direktoren zucken die Achseln und lächeln, –

wenn sie grade in guter Stimmung sind und einem nicht die Tür weisen. Wie soll man hinaufgelangen?«

Ein Schrei der Verzweiflung stieg in die kalte graue Februarluft. Jo schwieg beklommen. Sie wußte keinen Rat. Auch sie kannte die Künstlermisere, die sie nie persönlich erfahren hatte. Aber sie sah und hörte genug rings um sich herum, denn sie ging mit offenen Augen und hellhörigen Ohren und weit erschlossenem mitfühlenden Gemüt ihren leichten Weg empor.

Sie kamen zum Reichstag.

»Wollen wir noch ein Stück gehen?« fragte sie.

»Gern, ich habe Zeit.«

»Wo wohnen Sie?«

»Im Norden. Aber das ist gleich.«

Sie gingen in den Tiergarten. Nebel hingen zwischen den kahlen, wie schwarzes Gestein im Frost schimmernden Ästen. Ihr Atem dampfte vor ihnen her. Wieder sah Jo das dünne Mäntelchen Heises und erschauerte in dem Schutz ihres bergenden Pelzes.

»Erzählen Sie mir von sich,« bat sie und sah ihn aus den Winkeln ihrer schönen großen Augen an. Lieb und zutraulich war der Blick und die Stimme. Er hörte nur die Stimme, denn er sah gerade vor sich hin mit den unbewußt spähenden Augen, die Menschen haben, die in ihrer Kindheit viel ins Weite geschaut haben. Seemannsblut, Försternachwuchs, Bauernjugend. Der Ton ihrer Worte packte ihn. Er sah überrascht zu ihr hin. Da überkam ihm zum ersten Mal das Wunder ihrer Begleitung. Er, der Habenichts, der Erfolglose ging da durch den Berliner Tiergarten neben der Primadonna. Natürlich war *sie* die Primadonna. Die Nansen – na ja, sie war auch Primadonna – was lag übrigens an solcher albernen Haarspalterei! Er ging mit dieser Sängerin, die es geschafft hatte, die oben stand, diesem rassigen jungen Mädel. Wieso? Woher? Weshalb? Wieso er?

Er hatte ihre Worte kaum gehört. Nur den guten kameradschaftlichen Klang der Stimme. Jetzt wiederholte sie:

»Erzählen Sie mir von sich,« und riß ihn aus seinem Staunen über ihre Gemeinschaft.

»Was ist da zu erzählen?« fragte er. Es klang sehr unliebenswürdig und eigenbrödlerisch, war aber in Wahrheit nur die mürrische Abwehr und die trotzige Einkapselung eines sehr einsamen Menschen.

»Ich möchte gern mehr von Ihnen wissen,« beharrte sie.

»Weshalb?« murrte die Verwunderung aus ihm. Was wollte dieses Mädel aus der Welt, an deren Tor er sich die Stirn einrannte, von ihm?

»Huh, sind Sie ein Brummbär!« lachte Jo.

»Weshalb?«

»Wenn Sie es durchaus wissen müssen, weil es mich interessiert. Jawohl. Weil ich wissen möchte, wie der Mensch eigentlich innen aussieht, der den Mut hat, nach der Rolle Baras zu greifen.«

»Ich begreife nicht, daß Sie das so überrascht,« erwiderte er zugänglicher. »Wie soll ich denn sonst hinaufkommen?«

»Ja doch, ja doch, ich begreife das alles.« Sie knickte vor Eifer des Verstehens im Schoß ein. »Ich möchte nur mehr von Ihnen erfahren. Wenn Sie zu schüchtern sind, werde ich fragen.«

»Gut,« lachte er überwältigt. Sein Humor brach durch.

»Und ich werde brav antworten.«

»Schön. Also Frage Nummer eins. Wo stammen Sie her?«

»Aus einem Fischerdorf in Friesland.«

»Oh,« rief sie erstaunt.

»Warum oh?« scherzte er.

»Ich weiß selbst nicht. Aber ich habe noch nie einen Sänger aus einem friesischen Dorf gesehen. Doch eigentlich sollte es mich nicht überraschen. Sie sehen so aus.«

»Wie?«

»Wie die Leute sind in Sylt und Norderney.«

»Ich bin aus Wittun auf Sylt.«

Sie blieb stehen und sah ihn drollig neugierig an. Er stellt sich in Positur.

»Bitte, mich zu beaugenscheinigen.«

»Ja,« nickte sie. »Ihre Augen sind Seemannsaugen. Ich hatte immer schon den Eindruck.«

»Wieso immer?« fragte er verdutzt. Sie überhörte die Frage.

»Sind Sie auch richtig zur See gefahren?«

»Natürlich, als Junge. Und später, auf Fischfang. Tausend Mal.«

»Fein,« rief sie in romantischer Befriedigung. »Und wie sind Sie – übrigens sprechen Sie garnicht mit niederdeutschem Anklang.«

»Hab ich mir mit aller Gewalt abgewöhnt.«

»Wie ich mein bayrisch.«

»Sie sind aus Bayern?«

»Ja, mit Isarwasser getauft.«

»So sehen Sie eigentlich nicht aus.«

»Wieso nicht?«

»Unter ›Bayern‹ denken wir Norddeutschen uns immer etwas Strammes, Gebirglerisches.«

»Bitte sehr, ich bin eine glänzende Skiläuferin. Aber wie sehe ich denn aus?«

Er musterte sie noch einmal kritisch mit zusammengezogenen Augen.

»Sie sehen aus – ich weiß nicht,« brach er ab. Er hatte gedacht und fast gesagt: Sie sehen aus, wie meine Sehnsucht nach der Frau Sie erschaffen würde.

Aber das war ja Unsinn. So was hatte er im Grunde noch nie gesagt und im Grunde kaum gedacht. Er hatte wohl oft Sehnsucht nach dem Weib empfunden. Wenn er auch nie Zeit gehabt hatte und auch nie den Sinn, dieser Sehnsucht zu folgen. Auch nie das Geld und nie die innere Ruhe und Ausgeglichenheit. Aber was ging das alles die erfolgreiche Sängerin an! Sie gehörte doch nicht zu ihm und er nicht zu ihr. Daß sie hier mit ihm ging in seinem dünnen Mantel und verbeulten Hut und seinen blaugefrorenen Händen, war eine gnädige Laune von ihr und vielleicht eine

Neugier. Er zog sich in das Schneckengehäuse seiner Einsamkeit zurück.

Sein seelisches Zurückweichen entging ihr nicht.

»Darf ich weiter fragen?« Sie wagte nicht, ihn anzublicken.

»Bitte.« Es klang nicht sehr ermutigend. Sie wollte ganz nah an ihn herankommen. Vielleicht konnte sie ihm irgendwie helfen – oder – sie wußte nicht recht, was sie eigentlich wollte. Jedenfalls wollte sie ihn halten, ihn nicht wieder verlieren, nachdem sie ihn kaum gewonnen hatte. Gewonnen? dachte sie zweifelnd. Sie fühlte, wie schwer er zugänglich war, und ahnte, wie einsam und freundlos er in dieser großen eigensüchtigen Stadt lebte.

»Also, Frage Nummer zwei,« versuchte sie den Weg ins Scherzhafte zurückzufinden. »Wie ist der Seemann Sänger geworden?«

»Tja – daran ist wohl zuerst der Lehrer schuld in der Gemeindeschule zuhause. Der sagte mal: Junge – Junge – du hast'ne Stimme, du mußt Sänger werden.« Er war unbewußt in sein Friesisch zurückgefallen. »Ich glaube aber, der hat das nur so hingesagt. Aber es ist in mir hängen geblieben. Und dann – dann kam es aus mir selbst heraus. Ich hab immer gefühlt, ich hab da was in der Kehle,« er griff sich an den Hals, »das nicht jeder hat. Eigentlich hab ich immer gesungen. Draußen auf der See beim Fischfang. Sie hörten es gern, die Andern. Volkslieder, Seemannslieder, die modernen Schlager, die wir in der Saison in den großen Cafés hörten, Teile von Opern, die die Grammophone hinausschmetterten. Na ja, und dann ging ich auch hinunter zum Meer und sang über die Brandung fort.«

»Schön,« sagte sie mit hellen Augen, »ganz wie ich's mir gedacht habe, – oder vielleicht denkt man das auch nachher nur so.« Ihm fiel wieder auf, daß sie sich offenbar schon viel mit ihm beschäftigt hatte. Er begriff es nicht, ging aber darüber fort und antwortete: »Ach, das ist doch nichts besonderes.«

»Und wie sind Sie dann richtiger Sänger geworden? Ich meine, man hört Ihrer Stimme doch an, mit welchem Fleiß sie durchgebildet ist?«

»Tja, das kam nun so. Ich traute mich natürlich nicht, zuhause zu sagen, daß ich Sänger werden wollte. Seeleute werden nicht Sänger, wie Sie selbst vorhin bemerkt haben. Man hätte mich ausgelacht und für überkandidelt gehalten. Wir waren drei Jungens und vier Mädchen. Vater ist draußen ertrunken, wie ich zehn war. Wie ich achtzehn war, bin ich heimlich auf und davon gegangen.«

»Nach Hamburg?«

»Nein, nach Berlin. Als Seemann kann man mancherlei. Ich fand Arbeit. Es war die Zeit nach der Inflation – dreiundzwanzig – allgemeiner Aufschwung. Ich hab fünf Jahre nachts in einer großen – erschrecken Sie nicht!«

»Wo vor?«

»– – Sargtischlerei gearbeitet. Auch gleich in manchem meiner Erzeugnisse geschlafen.«

»Graulich.«

»Das denkt man nur so. Ist doch nur harmloses Holz. Ich sag Ihnen, ich hab herrlich geschlafen, wenn ich mich morgens früh um fünf hineinlegte.«

»Und tagsüber?«

»Hab ich gearbeitet, gelernt, jeden Pfennig, den ich verdiente, dem Gesanglehrer gegeben. Er war ein großer Könner und ein guter Mensch. Er wollte mich umsonst unterrichten. Aber das konnt ich nicht. Wenn man sehr jung ist, hat man einen sehr alten Stolz. Na, da hab ich gehungert und geschuftet. Ich hatte doch so viel nachzulernen. Die Gemeindeschule in Wittun hat einen nicht mit einer erstklassigen Bildung ins Leben entlassen. Na ja, mehr ist nicht.«

»Ich verstehe.« Ihre Stimme war sehr weich und fast zärtlich. »Und dann?«

»Dann? – Dann war ich fertig, wie man so sagt. Da ging's erst los mit dem Elend.«

Sie fühlte, daß es ihm wohltat, sich einmal auszusprechen. Einmal alles das aus sich herauszukehren, was er in langen, einsamen Jahren in sich aufgestaut und aufgestapelt hatte.

»Ich lief zu den Agenten, zu den Direktoren, hab mich ausgeboten wie saures Bier, aber keiner konnte mich brauchen. Es war diese böse Zeit des Niedergangs. Überall verkrachten die Theater und schlossen. Die Subventionen versiegten.«

Sie nickte.

»Sie kennen das nicht,« fuhr er fort. »Sie sind wahrscheinlich nie bei den Agenten herumgelaufen.«

»Nein,« sagte sie und schämte sich.

»Da ist Ihnen allerhand erspart geblieben. Da haben Sie nicht immer denselben Refrain gehört: ›Namen, Herr, Namen brauchen wir – Prominente. Und auch die können wir heutzutage nur mit Mühe unterbringen. Anfänger, Namenlose, ausgeschlossen.‹ Das klingt garnicht so schrecklich, wenn man es dahinsagt. Aber was es bedeutet – jahraus, jahrein – das kann nur der verstehen, der es durchgemacht hat.«

»Oh, das verstehe ich sehr gut, wenn ich's auch nicht am eignen Leib erfahren habe.«

»Und so bin ich zur Bühne gekommen. Ich mußte froh sein, beim Chor anzukommen und mich durchzufretten.«

Sie nickte wieder.

»Aber, Fräulein Ternitz, man will doch – man fühlt doch, man kann auch so viel wie die, die oben stehen und große Aufgaben lösen und ein großes Publikum in Atem halten. An dem Geld liegt mir nichts, nicht so viel.« Er wollte mit Daumen und Zeigefinger der rechten Hand knipsen, aber die kalten Finger gehorchten nicht recht. Es wurde eine kümmerliche Geste. »Wirklich nicht, wenn man nur satt zu essen hat und ein Dach überm Kopf und nicht allzusehr friert. Mehr will ich garnicht. Aber wirken will ich. Einmal die Macht ausüben, die souveräne Gewalt, die der große Schauspieler und Sänger über die Menschen hat. Mit dem, was man da in der Kehle stecken hat, beglücken und hinreissen. – Aber was erzähl ich Ihnen! Das wissen Sie alles viel besser als ich.«

Er hatte sein Verlangen hinausgestoßen in den stillen Tiergarten. In seinen grauen Augen flackerte die Flamme seines Ehrgeizes und seiner künstlerischen Sehnsucht. Dann verlosch die Glut im Blick und im Wort.

»Verzeihen Sie,« sagte er mit einem verzagten Lächeln. »Ich brülle hier los wie ein Irrer.«

»Macht doch nichts. Ist ja kein Mensch da,« lachte sie, ihre Ergriffenheit zu verschleiern. Oh, sie verstand ihn, ganz, ganz. Auch sie war glühend ehrgeizig. Auch sie lechzte nach Wirkung. Aber ihr Verlangen war befriedigt. Sie bezauberte seit Jahren Tausende, konnte sich hingeben mit ihren Fähigkeiten und ihrem Können. Sie verstand diese ungestillte Gier nach der großen Aufgabe und der großen Vollendung. Konnte es ermessen an ihrem Glück und ihrem Erfolg.

»Auch Ihre Zeit wird kommen,« tröstete sie und empfand im selben Augenblick das Banale und Seichte ihres Trostes. Und um ihren Worten einen sachlichen Untergrund zu geben, fragte sie: »Wie alt sind Sie?«

»Sechsundzwanzig.«

»Na also,« rief sie emphatisch, »Bara ist mindestens fünfzehn Jahre älter. Bis dahin!«

»Ich bin durchaus nicht verzweifelt,« gestand er ruhig. »Ich komm hinauf, darauf können Sie sich verlassen.«

»Ich weiß es,« erwiderte sie fest. Aber sie wußte, daß sie log. Wie sollte heutzutage einer hinaufkommen! Die unwandelbare Parole lautete: Namen, Namen, Namen! Wie sollte sich einer einen Namen schmieden, wenn er nie ins Feuer kam – oder Beziehungen hatte? Ein armer, dürftig gekleideter Mensch aus dem Chor! Was nützte dem alles Können!

Sie kamen an die Bendlerstraße. Jo blieb stehen. Eine Mutlosigkeit hatte sie gepackt und ein vager Schmerz. Und aus dieser Trauer heraus und aus einem verschwommenen Gefühl zärtlichen Mitleids und aufquellender Mütterlichkeit, dem innersten Kern jeder Frauenliebe, sagte sie:

»Ich muß hier fahren. Wollen Sie mir eine große Freude machen?«

»Gern,« willigte er erstaunt ein.

»Kommen Sie heut zum Tee zu mir.«

»Ich?«

»Ja, Sie. Sagen Sie rasch ja.« Sie rief ein Auto an.

»Ich – ich hab nur diesen einen Anzug.«

»Sie sind ja auch nicht zu einer Modenschau bei mir eingeladen.« Sie tat viel forscher und fröhlicher, als ihr zu Mut war. »Also auf Wiedersehn.« Sie sprang in den Wagen. Er sah nur den schönen Schwung ihres Rockes. »Richtig,« rief sie. »Beinahe vergessen. Pension Quisisana, Fasanenstraße 43 a.«

Das Auto rollte davon. Sie winkte ihm zu. Er vergaß vor Benommenheit, den Hut zu ziehen.

3

Fatma Nansen stand am Fenster ihres Hotelzimmers Unter den Linden und blickte auf das Getriebe der Linden hinab. Es war die Nachmittagsstunde, zu der sich im Februar die Nacht auf die Straße senkt. Eine kalte Nacht war es. Über den Dächern unter der graubleichen Glocke des Himmels qualmte ein rosa Schimmer. Der Lichtschein, der über jeder Weltstadt glimmt. Unten, längs der Bürgersteige, sprühten die ersten Lichter auf und machten die Dunkelheit erst spürbar.

Von dem Fenster im zweiten Stock aus erschien alles dort unten seltsam verkürzt. Die Menschen. Die Wagen. Wie seltsam die Autos aussahen! Wie Tiere mit schwarzen und weißen Rücken, die dahinkriechen und stehen bleiben, wenn das rote Licht aufglutet, sann die Frau am Fenster auf Schwedisch, ihrer Muttersprache, in der sie dachte, wenn sie allein war.

Aber nur ihr Gehirn arbeitete. Ihre Sinne waren fern von dem abendlichen Bild der Berliner Straße. Fern in ihrem Schmerz und ihrer Erniedrigung.

Sie wandte den Kopf in das Zimmer zurück, als suche sie etwas. Als suche sie den Mann, auf den sie wartete.

Der letzte Schimmer des Tages, der hier oben noch nicht zur Nacht geworden war, beleuchtete ihr schwarzes Haar. Die weiße Linie ihres Madonnenscheitels glänzte auf. Sie wandte den Kopf wieder dem Fenster zu. Das Gesicht war mild umflossen von diesem letzten Schein des Wintertages. Ihre Züge hatten etwas von der blassen Überkultur und Überfeinerung der Gesichter vornehmer Chinesinnen aus uraltem Geschlecht. An dieses Asiatentum erinnerte seltsamerweise an dieser nordischen Frau die schräge Stellung der Augenbrauen, nicht der verschleierten braunen Augen. Etwas Sinnendes, Nachdenkliches war in diesen Augen. Eine wehe Erfahrung des Leides und des Wehs dieser Erde.

Sie war groß und schlank, fast mager. Der Charme ihrer Bewegungen und Haltung war längst Vorbild und Schule für alles junge Bühnenvolk geworden. Ihre schauspielerische Befähigung war ihrer genialen Stimme ebenbürtig. In Amerika hatte man sie die »Duse der Oper« getauft. Auch weil sie im Eindruck an die große Italienerin erinnerte.

Fatma Nansen hatte das Theater allein verlassen. Die Rüpelei Baras vor aller Augen hatte sie zu tief verletzt. Hatte ihr die letzte Möglichkeit ihres verzweifelten Selbstbetrugs entwunden. Jetzt wußte sie, was sie längst ahnte, witterte, wußte – ja doch, wußte! –, daß Bara ihrer endgültig überdrüssig war. Daß er sie und ihre Liebe als Qual und Last und Beschränkung seines Lebens empfand, weil er eine andere liebte. Seine unbeherrschte Roheit vor dem versammelten Theatertroß war nur das letzte untrügliche Zeichen gewesen. Sie hatte das Gleiche schon einmal erlebt. Vor Jahren, vor langen Jahren. Es war ihr, als kröchen Gespenster heraus aus der Vergangenheit. Wieder wandte sie den Kopf zurück in das Zimmer, das nun ganz dunkel geworden war. Sie erschauerte in einer spukhaften Angst.

Aber damals, als sie den Sänger Lamarc geliebt hatte, ihre erste große unvergeßliche Liebe, unvergeßlich, wie erste glückliche Liebe in Frauenherzen ist, war sie jung gewesen. Ganz jung und lebensstark und zukunftsgewiß. Sie hatte Qualen gelitten, als er sie fortwarf. Aber sie war darüber hinweggekommen. Sie war nicht zugrunde gegangen. Die allgemeine Anbetung der Verehrer ihrer Kunst und ihres Weibtums hatte sie darüber hinweg getragen. Sie hatte sich mit geringeren Neigungen getröstet. Das Leben war weiter gegangen, und dann war Bara gekommen. Im vorigen Jahr. Sie war schon lange Jahre an der Metropolitan. Bara kam nur auf ein Jahr. Länger verpflichtete er sich nie, in dem Verlangen, in aller Welt als Sänger zu wirken, und weil er als Mann auf einer ewigen Jagd nach Abenteuern war. Die Robustheit, mit der er zarte Bande zerfetzte, forderte einen häufigen Wechsel der Schauplätze seiner Liebschaften.

Er war für sie die letzte große Erfüllung geworden. Sie liebte ihn, wie sie am Anfang ihrer Laufbahn geliebt hatte. Nur reifer, nur noch leidenschaftlicher, weil sie so viel erfahrener geworden war durch ihren ersten großen Schmerz, durch ihre Enttäuschung und durch das Leben, diesem schonungslosesten Lehrmeister.

Zum ersten Mal hatte Bara das begangen, was er bald darauf eine »bodenlose Dummheit« nannte. Er hatte eine Geliebte von der alten Stätte seines Gastspiels zu der neuen überführt. Er hatte Fatma Nansen überredet – sie ließ sich mühelos überreden! –, ihren langfristigen Vertrag in Amerika zu lösen und ihn nach Berlin zu begleiten. Auf gut Glück. Ohne Engagement. Sie hatte freilich sofort bei Buchner mit ihrem internationalen Namen, ihrer Stimme, ihrem schauspielerischen Talent und ihrer Eignung für die Rolle der Donna Felipa, der Gattin des Columbus, ein künstlerisches Unterkommen gefunden. Als Sängerin hatte sie, wie immer, auch in Berlin, wo sie noch nie aufgetreten war, Glück gehabt. Als Frau wurde ihr diese Stadt zum Unheil.

Schon auf der See, in der neuen Welt des großen Schiffes, erkannte Bara die »Torheit,« die er begangen hatte. Er hatte Verpflichtungen und Verantwortung übernommen, als er Fatma aus ihrer Stellung löste. Fern von New York sah alles plötzlich anders aus. Er hatte sich in Fatma verliebt, wie in viele Frauen, Kolleginnen und Außenseiterinnen der Bühne vor ihr. Diese Frau, die im letzten Grunde nur der kannte, den sie liebte, dem sie sich mit ihrer beherrschten Leidenschaftlichkeit, ihrer Güte, ihrer frauenhaften Fürsorge willenlos gab, hatte diesen Freibeuter der Liebe gefesselt, wie nie ein Weib zuvor. Ihre Bildung, ihr Wissen, die Musikalität, die ein wesentlicher Teil ihrer Natur war, die in ihrem Blut strömte, in ihren Bewegungen lebte, hatten dem unerhört musikalischen naturbegnadeten schönen Fleischergesellen von einst imponiert, dem trotz aller Schulung und allen Schliffs in den letzten Verborgenheiten seines Wesens doch immer noch etwas von der Gefühllosigkeit seines früheren Berufes anklebte. Ihre glutgetränkte Zärtlichkeit hatte ihn in eine Hörigkeit gelullt. Er konnte sie nicht mehr entbehren, sich kaum noch ein Leben und einen Erfolg ohne sie und ihren geheimen Einfluß, den er sehr wohl fühlte, vorstellen.

Auf dem Schiff, unter den neuen Menschen und neuen Verhältnissen, zersprang diese Verzauberung. Hier war Fatma plötzlich nicht mehr die vom Beifall New Yorks umbrauste »Duse der Oper«. Hier war sie eine wohlbekannte, achtungsvoll verehrte große Dame. Aber seltsam, hier sah Bara zum ersten Mal, daß seine Geliebte eine Frau von vierzig war, mit der erbarmungslosen Runenschrift ihrer aufregenden, immer auf Wirkung gestellten Vergangenheit in den Zügen. Gewiß, sie war noch immer eine sehr schöne, aparte Frau. Mit einem bizarren, exotischen Timbre. Das sah er. In ihrem schwarzen Haar war bisher, dank ihrem Künstlerfrisör, kein weißes Haar. Ihre Haut war frisch und jung und weich und duftig. Ihre Kosmetik, ihre Massage, das Training ihres Körpers waren erstklassig amerikanisch gewesen. Das hörte nun auf. Ihre Verjünger hatte sie in New York zurückgelassen. Der Ersatz auf dem Schiff ragte nicht über das gewöhnliche Mittelmaß hinaus.

Auch hatten beide in New York getrennte Leben geführt. Er hatte sie zum Tee, bisweilen auch nach der Vorstellung besucht. Aber es waren doch ganz bestimmte Stunden gewesen, in denen sie schön und jung und angeregt und stürmisch gewesen war – für ihn. Jetzt, auf dem Schiff, wohnten sie zum ersten Mal eng beieinander. Wohl in getrennten Kabinen, aber es war doch ein gemeinsames Dasein. Vielleicht war es zu Anfang auch mehr dieses fast eheliche Leben, das ihn erschreckte und aus dem Trance seiner Verliebtheit erweckte. Vielleicht sah er anfangs nicht, daß die Geliebte nicht mehr die mit allen Mitteln raffinierter Körperkultur verjüngte Frau war. Er begann sie als eine Last und eine Torheit seines Lebens zu empfinden. Aber wer kann sagen, wann eine Liebe endet? Kennt man doch kaum den Grund, auf dem sie erblüht.

Bara bereute seinen übereilten Schritt. Verfluchte und verdammte seine betörte Verblendung. Unter diesen Gefühlen zeigte seine Liebe sehr bald ihr zweites Gesicht, den Haß. Dieser berühmte Tenor war kein feinfühliger Hasser. Seine Schlächternatur kam zum Vorschein unter dem dünnen Firnis seiner verspäteten Erziehung. Er sah, daß er sein Leben verbaut hatte. Er brauchte Ellenbogenfreiheit für das Nomadentum seiner Liebe. Fatma war seinem erotischen Befriedigungsdrange hinderlich, obwohl noch kein neues Objekt seiner Buhlbereitschaft am Horizont seines Begehrens auferstanden war.

Doch, wie viele rohe Menschen, war er ein Feigling. Er brachte nicht die Zivilcourage auf, ihr in dürren Worten zu sagen: ich liebe dich nicht mehr. Er ging den Weg niedriger Seelen. Er quälte sie mit den Niederträchtigkeiten, in die ihn der Zorn über seine Gebundenheit hetzte. Er marterte sie mit Gemeinheiten und quälenden Nadelstichen.

Fatma ertrug und litt. Sie liebte ihn mit allen seinen augenfälligen Fehlern. Sie liebte in ihm den großen Könner, das Werkzeug ihrer vergötterten Kunst und den Mann, der sich mit eisernem Fleiß zum ersten Sänger der Welt emporgerungen hatte. Liebte ihn zehnfach, hundertfach, gerade wegen seiner Schwächen, für die ihre Klugheit und ihr Zartgefühl nicht blind waren. Liebte ihn, wie eine Frau von Vierzig liebt, der ein nicht mehr erhofftes sagenhaftes Glück der Sinne noch beschieden wird. Und klammerte sich mit der verzweifelten Inbrunst einer Frau, die vor dem Abstieg steht, an diese letzte Gnade des Geschicks.

Sie merkte die Veränderung in seinem Wesen. Wollte die wahre Ursache nicht erkennen. Betrog sich mit haltlosen Ausflüchten: die Seereise, Überarbeitung, die übliche Nervosität vor dem neuen unbekannten Auftreten. Wäre Bara ihr untreu gewesen, hätte sie die Spur einer neuen Liebschaft bemerkt, so würde sie ihn freigeben, schwor sie sich. Aber mit keiner der hübschen Amerikanerinnen an Bord ging er über den üblichen harmlosen Schiffsflirt hinaus.

In Berlin änderte sich alles. Bara wurde viel eingeladen, in die große Gesellschaft gezogen. Mußte, wie er sagte und sie einsah, dem Ruf in die Welt folgen, in der man verkehren muß, wenn man der Träger eines Weltruhms ist und bleiben will. Sie begriff, daß diese Menschen der »Gesellschaft« die Glorie geben und nehmen. Auch in New York war er in allen großen Häusern der River Side Drive erlauchter Gast gewesen. Doch dort war sie ihm meist begegnet. Dort gehörte auch sie zu den begehrten Sternen, die auf den Festen der Reichen leuchten. Hier in Berlin war ihr Glanz verblichen. Wer kannte Fatma Nansen hier? Sie war von Stockholm vor vielen Jahren nach Amerika gerufen worden. In Berlin war sie eine Unbekannte, vor allem jetzt noch, vor ihrem ersten Auftreten. Sie wurde hier und da eingeladen, denn die Presse sprach von ihr und ihrem bevorstehenden Debüt in Deutschland. Aber sie lehnte ab in der Düsternis ihres Gemütes, die sie umdunkelte.

Dann merkte sie, daß er an einem andern Gestade Anker geworfen hatte. Er vernachlässigte sie schonungslos, lebte kaum noch in dem Hotel, in dem sie zusammen abgestiegen waren. Gebrauchte lächerlich durchsichtige, beschämend nachlässige Ausflüchte und wurde noch ausfälliger und brutaler.

Sie dachte jetzt an den Schwur, den sie sich geleistet hatte. Aber sie gab Bara nicht frei. Sie fühlte triebhaft, daß nach einer neuen Niederlage ihrer Liebe ihr Leben als Weib beendet war, und krallte sich, aller Vernunft, allem Zartsinn, aller Ehre zum Trotz, an diesen Mann, der, wie ihr Instinkt wußte, der letzte Mann ihres Daseins war.

Sie ertrug die Lüge und Demütigung in feigem Schmerz lieber als die Wahrheit und das Verlassenwerden und schämte sich und fühlte sich mit Füßen getreten und entmenscht. Und ließ dennoch alle Schmach über sich ergehen, in dem verbissenen, selbstbetrügerischen, selbstdurchschauten Wahn, er könne doch noch zu ihr zurückfinden.

Fatma stand am Fenster, starrte hinaus in die Nacht, die jetzt über Berlin lag, und wartete auf Bara mit dem Essen. Seit dem Frühstück am Morgen hatte sie keinen Bissen berührt. Sie wartete auf ihn, obwohl ihr Verstand wußte, daß er nicht kommen würde, wie er gestern nicht gekommen war und vorgestern. Nur auf der Probe hatte sie ihn an den beiden letzten Tagen gesehen und hatte, wie heute, am Fenster gestanden und gewartet und in das Nebenzimmer hineingelauscht mit den überwachen Sinnen der Eifersucht und Selbsterniedrigung. Er war nicht gekommen.

Erst spät in der Nacht hörte sie seine Tür gehen. Aber sie wagte sich nicht zu ihm hinein, nicht aus Stolz – nein. Den Stolz hatte er in ihr zertreten – oder sie selbst. Sie ging nicht zu ihm aus Furcht vor der letzten Wahrheit.

4

Während Fatma Nansen auf Bara wartete, berannte er die Festung Viola Windal.

»Die schöne Viola« hieß sie in der sogenannten besten Gesellschaft von Berlin, in der sie eine beherrschende Stellung einnahm. Das heißt, sie war mit einer fieberhaften Vitalität bei allem aktiv führend dabei, wobei man sein mußte, um zu gelten, genannt zu werden, zur Elite der Leute gezählt zu werden, die sich einbilden, tonangebend und kulturfördernd zu sein. Die schöne Viola war immer dort, wo das Volk der Snobs paradierte. Im Sommer auf dem Golfplatz in Wannsee, im Tennisclub Rot-Weiß, in der Saison bei allen Premieren, auf den großen öffentlichen Bällen – in den Berichten wurde sie immer erwähnt, ihre Robe geschildert – und bei allen Privatgesellschaften der oberen Dreihundert. Zudem war sie jung, zweiundzwanzig, eine blonde interessante Schönheit mit einem durchtrainierten Körper, glänzende Golfspielerin, Tennispartnerin, die auf internationalen Turnieren zweite Preise eroberte, klug, unterhaltend, modellbildend gekleidet – eine Berliner Dame der großen Welt, die in den mondänen Bädern ebenso zuhause war wie in Berlin W. W.

Aber im tiefsten Grunde ihres Gemütes war sie bei aller dieser betonten modernen Sachlichkeit genau so romantisch, wie irgendeine ihrer Schwestern aus den schöngeistigen Kreisen Berlins vor hundert Jahren, als die Rahel und die Schlegel ihre Rollen nach der Façon ihrer Zeit spielten. Auch im Hause Windal verkehrten neben den Leuchten des Sports Viele, die wirklich die geistigen Interessen der Zeit verkörperten.

Sie war die Frau Professor Windals, eines hervorragenden Internisten, des gesuchtesten Arztes des Berliner Westens. Sie hatte ihn geheiratet, wie moderne Mädchen heiraten. Sie liebte ihn nicht überschwenglich. Die Gründe, die sie zu dieser Ehe geführt hatten, waren eine chemische Mischung aus Liebe, aus der Rücksicht auf seine Stellung und sein Einkommen, und vielleicht Sehnsucht, den engen Verhältnissen ihres in der Krise verkrachten Elternhauses zu entrinnen. Sie hatte ihre körperlichen und geistigen Vorzüge klug an *den* Mann gebracht, der ihr gestattete, den Rang in den ersten Kreisen zu gewinnen, nach dem es sie gelüstete.

Professor Windal hatte sie aus einer tiefen und reifen Leidenschaft geheiratet. Er war sechsundvierzig. Die Überlastung seines Berufes hatte ihm nie gestattet, Gast in den Berliner Salons zu werden. Aus Liebe zu der jungen Frau wurde er Gesellschaftsmensch, wurde er Theaterarzt bei Buchner, wurde er vieles, woran er vierundvierzig Jahre seines Lebens nicht gedacht hatte.

Viola begegnete Bara dreimal hintereinander in verschiedenen Gesellschaften als dem gefeierten Gast. Sie verfiel ihm. Sie wehrte sich noch gegen das Letzte, aber nicht aus Treue gegen Windal, nicht aus ethischen Motiven, sondern weil sie erobert werden wollte. Im Grunde erlag sie, so empört sie auch dieses unmoderne Philisterium bestritten hätte, wie viele Generationen von Frauen vor ihr dem unwiderstehlichen, geheimnisvollen Reiz des »Tenors« erlegen waren. Es war die Gewalt seiner Stimme, sein hübsches Gesicht, sein Weltruf und das animalisch Männliche an ihm, das sie zu der Möglichkeit ihrer ersten Untreue gegen Windal verführte. Auch die Eitelkeit riß sie hin. Dieser Mann, der nach jeder Vorstellung durch die Sehnsucht und die Träume hundert aufgewühlter Frauen wandelte, begehrte sie, sie von allen Frauen in Berlin.

Bisher hatten sie sich heimlich getroffen, hatten sich in Cafés, Restaurants und Bars herumgedrückt. Aber jetzt hatte Bara unter Violas Berliner Erfahrung eine hübsche, verschwiegene, kleine möblierte Wohnung in einem guten Hause in Halensee gemietet. Es sollte ihr Liebesnest werden. Heute sollte die Einweihung erfolgen. Sie war zum ersten Mal bei ihm.

Bara lag faul ausgestreckt auf der Couch. Er ließ sich oft vor den Frauen seiner Wahl gehen. Er war ja das Genie, das von der Probe heute ermüdete Genie. Viola saß auf einem bequemen Sessel an seiner Seite. Er war mißmutig. Er war mit seinem Erfolg bei ihr nicht recht zufrieden. Er hatte sich eingebildet, er würde sie im Sturm nehmen, wenn sie seine Wohnung betrat. Aber die Festung hielt stand. Sie ließ sich nicht durch einen Handstreich überwältigen. Neben dem instinktiven Wunsch, sich kostbar zu machen, war noch etwas in der jungen Frau, das sie zurückhielt. Etwas, worüber sie sich, trotz aller Klugheit, nicht ganz klar war. Etwas, das sie, bei aller Bewunderung, von diesem Mann zurückhielt. Etwas Ungeistiges war an ihm, das sie abschreckte. Und aus dieser Unsicherheit heraus rief sie jetzt mit der Intensität des Willens, die sie zu einer immer siegwärts drängenden Sportsfrau machte:

»Sag mir etwas,« forderte sie von dem müßigen Mann. Sie meinte etwas Kluges, Geistvolles, das ins Blut ging.

»Was soll ich Dir sagen –« fragte er stumpf und trotzig.

»Du bist doch ein großer Künstler. Sag mir, wie ich auf dich wirke, wie du mich siehst, wie du mich empfindest.«

Sie erwartete Wunder und Ekstase, weit über das Körperliche hinaus. Der Mann da, dessen Geliebte sie werden wollte, war doch einer von den Höhen der Menschheit. Einer von denen, der die Zauberformel der Snobs »prominent« in höchster Potenz trug. Er mußte als Liebhaber doch anders sein, ganz anders als ein noch so begehrter Modearzt.

»Wie ich dich sehe?« wiederholte Bara gedehnt. »Drollige Frage. Wie soll ich dich denn sehen? Wie du bist natürlich.«

Dann aber fiel ihm zum Glück eine Rolle ein, die er einmal gesungen hatte. Ha, da konnte er eine kleine Anleihe machen.

»Dein blondes, duftiges Haar,« zitierte er mit unnatürlicher Stimme, »deine grünen Augen, die wie Kristalle leuchten, dein Körper –« Da versagte die Rolle.

»Was ist mit meinem Körper?« fragte sie gierig.

»Ja, das weiß ich doch noch nicht,« wetterte er ärgerlich, streckte den Arm nach ihr aus und versuchte sie auf die Couch zu ziehen.

»Nicht!« wehrte sie und entwand ihm sportlich behende den Arm. »So mein ich es nicht.«

»Wie denn?« schnaubte er.

»Henry, du hast doch sicher schon –« sie überlegte und sagte dann »– – hundert Frauen geliebt.«

»Du übertreibst,« dämpfte er ihre Annahme in einem Ton, der verraten sollte, daß sie ihn unterschätzte.

»Waren auch Frauen der Gesellschaft darunter?«

»Na, was denn! Gib mir doch bitte eine Zigarette.«

Sie reichte ihm die silberne Zigarettenschachtel, die sie neben vielem andern mitgebracht hatte, »ihr Heim« wohnlicher und traulicher zu gestalten.

»Warum liebst du gerade mich? Das möchte ich wissen.«

»Weil ich dich liebe –« sagte er verzweifelt. Eine schwierige kleine Frau, bißchen anstrengend.

»Nicht –« sie suchte ihn auf die Fährte zu lenken, zu den Worten, die sie von ihm hören wollte, »nicht weil ich einmalig bin, weil – –?«

»Aber natürlich« unterbrach er, froh eine Spur ihrer Wünsche zu sehen, »gerade deswegen.«

»Ich möchte, daß du mich liebst, weil ich anders bin als alle Frauen, die du vor mir geliebt hast,« flüsterte sie, »weil ich als Frau dir eine einmalige Kostbarkeit dieser Erde – ach,« sie brach unwillig ab, »das müßtest du doch alles sagen, nicht ich.«

Er sah sie sekundenlang ärgerlich verwirrt an. Dann sagte er schroff:

»Du irrst dich offenbar in mir. Du denkst, du hast einen Dichter vor dir. Du vergißt, daß meine Fähigkeiten hier –« er streichelte seine Kehle, »und nicht hier sitzen.« Er stieß den Zeigefinger gegen seine Stirn.

Da war sie wieder versöhnt, wieder auf einen Wellenberg ihrer Neigung zu ihm emporgehoben.

»Du hast recht.« Sie glitt an dem Lager auf die Knie nieder, bog sanft seinen Kopf zurück und küßte seinen Hals. »Ich bin eine verschrobene Trine. Statt mir an dem genügen zu lassen, was ich besitze – was heißt genügen zu lassen? Statt mich an dem zu beglücken, was dich aus allen Männern heraushebt, verlang ich von dir geistreiches Gefasel.«

»Endlich redest du vernünftig,« lobte er paschahaft und fegte mit einer Bewegung seines starken Armes ihren Oberkörper über sich hin. Das Gewaltsame dieser Geste peitschte sie auf. Aber sie riß sich noch einmal los und bat:

»Sing! Sing für mich.«

»Meinetwegen,« willigte er trocken ein. Er wußte, dann gehörte sie ihm. Seinem Gesang hatte noch keine Frau widerstanden, wenn er sie in seinen vier Wänden hatte.

Er ging auf den Bechsteinflügel zu, der ihre Wahl gerade für diese Wohnung entschieden hatte.

»Du sollst jetzt etwas aus dem ›Columbus‹ hören.«

Aus dem »Columbus«!. Sie hob sich vor Enthusiasmus auf den Zehenspitzen.

Er nickte.

»Das Abschiedslied aus dem Finale des zweiten Aktes.«

Sie stürmte auf ihn zu und küßte ihn dankbar ob dieser Auszeichnung und bedauerte zugleich, daß sie es keiner ihrer Freundinnen verraten konnte, die mit ihr stritten um den Platz der Königin ihrer Welt, die sich die Welt überhaupt dünkte. Schade! Aber immerhin, es hatte auch so seinen erregenden Reiz, die erste zu sein unter allen Berlinern, die dieses Lied hörte. Bald würde es ganz Berlin, ganz Deutschland, die ganze Erde entzücken. Würde durch Radio und Grammophon bald in jede Stube, in jedes Ohr dringen, aber sie, sie hatte es zuerst von allen vernommen.

Sie war ein seltsames Gemisch von Snobismus und Klugheit. Oh, ein großer Tenor war doch etwas anderes als der gesuchteste Arzt mit seinen ewigen Erzählungen von interessanten Fällen der Leber, des Magens, der verschiedenen Teile des Darms, die sie immer wieder durcheinander brachte.

Viola setzte sich in erwartungsvoller Pose ins Dunkel des Zimmers.

»Nein, zünde die Deckenbeleuchtung an,« gebot er, »ich will dein Gesicht sehen, wenn ich singe.«

Sie gehorchte beglückt dem Genie. Er präludierte und sang:

> »Nach Osten geht die große Fahrt,
> Zu Indiens Gestaden ......«

Blank und metallisch stieg die Stimme auf. Berauschend und liebkosend umhüllte sie die lauschende Frau. Ihre Gewalt hob sie aus dem Sessel empor, reckte ihr das Rückgrat, ihre zarte Melodik ließ sie wieder entrückt zusammensinken in ein unendliches Wohlbehagen und fast körperliches Genießen. Auch in diesem alltäglichen Zimmer der Berliner Wohnung geschah das Wunder, das Bara an jedem Abend an jedem empfänglichen Besucher des Hauses vollführte, in dem er auftrat. Ein Überschwang wie selten zuvor in ihrem überschwenglichen Leben, durchrieselte Viola Windal. Dieses Phänomen, diese schönste Stimme, dieser Mann gehörte ihr, ihr allein. Tränen traten ihr in die Augen. Das letzte Sehnen ihres Lebens war erfüllt. Sie hatte immer gewußt, etwas Unnennbares, etwas, das nur den Auserwähltesten begegnet, sei ihr vorbehalten. Dunkel, unklar hatte dieses Ahnen in ihr gelebt seit den frühesten Mädchentagen. Jetzt war es in Erfüllung gegangen, märchenhaft, unwirklich.

Bara sang alle drei Strophen. Als er geendet hatte, blieb sie, vor Beseligung erschöpft, stumm im Stuhl

sitzen. Er sah zu ihr hin. Sein beifallgewöhntes Selbst-
bewußtsein horchte auf.

»Nun?« forderte er betroffen, »du sagst ja garnichts?«

»Ich kann nicht,« flüsterte sie erschüttert. »Es war
zu groß, zu schon, zu – – ach, du kannst nicht wissen,
was du mir erfüllst.«

Er wollte aufstehen, zu ihr eilen. Jetzt hatte seine
Stunde geschlagen. Da gehorchten ihre sportgestähl-
ten Glieder wieder ihrem Willen. Sie sprang empor.

»Nein, nein, bleib so, bleib dort beim Flügel.«

Sie war bei ihm, fiel wieder vor ihm nieder und
stammelte aufgelöst:

»Du mein Erfüller – du mein – –« Sie preßte das
Gesicht gegen seine Knie und küßte sie demütig.

In diesem Augenblick gehörte sie ihm. Er hätte nur
die Hand auszustrecken brauchen, sie wäre ihm erlegen. Aber noch war er aufgebläht vor Eitelkeit. »Hat
dir also gefallen?« fragte er selbstgefällig. Sie hob den
Kopf. Ihre Wangen waren feucht.

»Wie kannst du von etwas Überirdischem so –,« sie
wollte »banal« sagen, verbesserte sich aber noch, ehe
das kränkende Wort ihre Lippen verließ, »so entwür-
digend sprechen! Gefallen! Es hat mich aus meinem
Alltagsleben herausgehoben, von der Erde fortgetra-
gen. Ob du es auch schon einmal erlebt hast? Es geschieht einem sehr selten.«

»Was denn?«

»Zwei Mal – nachts – ist es mir begegnet. Man
schweift hinaus, von der Erde fort, fühlt, erlebt das

All – es ist so schwer, es in Worten zu sagen. Etwas ganz Mystisches, Heiliges, über unser kleines Menschentum Hinausragendes.«

Er fühlte sich, wie oft vor klugen Frauen, gedemütigt. Er liebte dieses niederbeugende Gefühl nicht. Frauen waren zum Vergnügen da, nicht um Empfindungen der Minderwertigkeit auszulösen. Darum sagte er verdrossen:

»Ich verstehe nicht, was du meinst. Ich habe dir auch nicht vorgesungen, damit du mir Rätsel aufgibst. Ich hatte damit eine ganz bestimmte Absicht.«

»Ich weiß,« lächelte sie verklärt, »du wolltest mich beglücken. Mich zuerst von allen Menschen.«

»Na ja, natürlich,« stimmte er nervös zu. »Vor allem aber wollte ich dein Urteil hören.«

»Mein Urteil?« – Ihre Stimme jubelte. »Du geliebter Mensch, mein Urteil! Liegt dir soviel daran?«

»Du mißverstehst mich,« überlaugte er ihr Hochgefühl, »Buchner, der ›Herr‹ Direktor, dieser Trottel, dieser Kunstbanause hat heute die letzten beiden Strophen gestrichen.«

»Gestrichen?!«

»Jawoll. Behauptet, das Publikum wird kribbelig.«

»Kribbelig, wenn du singst!«

»Genau dasselbe habe ich ihm auch gesagt.«

»Und?«

»Er wollte seinen Wanda – Wanda – –«

»Vandalismus« half sie.

»Ja, natürlich, seinen Vandalismua durchsetzen. Ich hab ihm die Rolle vor die Füße geschmissen.«

»Und? Henry, du singst den Columbus nicht?!«

»Doch« gestand er kleinlaut.

»Du hast dich gefügt?« rief sie entgeistert.

»Nicht ihm, mein Kind. Mit Direktoren wird Unsereiner noch fertig, verlaß dich drauf. Aber da geschah etwas sehr seltsames.«

»Was?« Ihr Atem pfiff. Der Motor ihres Wesens lief in allem, was sie tat, in ihrem Sport, ihren gesellschaftlichen Ambitionen, in persönlichstem Erleben stets auf höchsten Touren.

»Steh auf,« befahl er. Es war ihm lästig, daß sie da immer noch vor ihm kniete. Er war jetzt nicht erotisch gestimmt. Er war im Bann des Geschehens auf der Bühne, und damit verpaßte er seine Gelegenheit. Er liebte Anbetung, aber im rechten Augenblick. Sie erhob sich, stand unschlüssig vor ihm.

»Ja, da ist etwas passiert,« berichtete er eifrig, »was mir in den zehn Jahren, seit ich an der Bühne bin, noch nicht passiert ist. Ein Chorist sprang vor und wollte die Rolle haben. *Meine* Rolle!«

»So eine Frechheit,« sagte sie matt. Ihr war innerlich flau geworden.

»Ja, und dann begann er dieses Abschiedslied zu singen.«

»Ich kann mir vorstellen, wie er gesungen hat,« sagte sie mit einem erzwungenen Lächeln.

»Nein, meine Liebe. Das kannst du eben nicht. Der Kerl hat unerhört gesungen.«

»Der Chorist?«

»Geradezu unerhört. Die Andern haben es nicht bemerkt. Wer versteht denn was von Stimmen! Aber Buchner hat es gehört. Der hat ein feines Ohr. Der wollte ihn nehmen.«

»Statt deiner? Unmöglich!«

»Das sagst du so. Ich sage dir, er wollte ihn für mich nehmen. Es hat an einem Haar gehangen. Was blieb mir da übrig? Klein beigeben mußt ich.«

Sie sah ihn starr an.

»Sieh mich nicht so an! Was hättest du denn getan? Soll es etwa heute Abend in allen Zeitungen stehen, ein Chorist kann Henry Bara ersetzen? Nein du, ich kenn die Welt. Aus wär's gewesen mit mir. Glatt aus. Kein Hund hätte mich mehr genommen.«

»Wer war der Chorist?« fragte Viola bleich vor, ja vor einer Enttäuschung, die sich in ihrer Brust dehnte und in die Glieder hinabsank und sie lähmte. Ein Chorist konnte Baras Rolle übernehmen! Bara hatte Angst vor einem Choristen! Der große Bara hatte Angst vor einem kleinen Choristen? Er war ihr plötzlich irdisch und alltäglich geworden. War von seiner einsamen Höhe herabgesunken. Er war ja ein Mensch, wie jeder andere, mit Ängsten und Feigheit!

Bara merkte nicht. Er war viel zu sehr mit dieser Episode der Probe beschäftigt.

»Weiß ich, wie der Mensch heißt! Ich sage dir doch, ein namenloser Chorist. Aber eine Stimme! Du, davon versteh ich was. Ich kann dir sagen, ein Schreck ist mir in die Glieder gefahren! Natürlich ist meine Stimme viel blendender, machtvoller, brillanter.«

»Natürlich,« echote sie verzagt.

»Aber von allen, die ich gehört habe, von allen großen Namen –« plötzlich brach er ab und stürmte durchs Zimmer.

»Diese verdammte Konkurrenz! Dazu hat man geschuftet und sich abgeschunden und ist endlich hinaufgekommen, damit einen dann so ein elender hergelaufener Chorist an die Wand klatscht! Gemein! Widerlich! Ich konnte eine Weile nicht stehen, kann ich dir sagen, so weich waren mir die Knie geworden.«

Sie setzte sich. Auch ihr waren die Knie weich geworden. Sie sagte nichts. Ihr Idol war entgöttert. Er lief noch immer mit großen Schritten auf und nieder. Es hatte etwas Komisches für sie, etwas Traurigkomisches, etwas Groteskes, dieses Weltwunder jammernd auf und nieder rennen zu sehen.

»Das ist ja das Grausige an unserm Beruf,« klagte er. »Man kommt nie zur Ruhe. Man muß immer kämpfen und sich verteidigen. Lebt in ewigem Kampf mit dem Nachwuchs. Immer in Todesangst, daß einer kommt und einen aus dem Sattel hebt. Dauernd muß man seine Stellung verteidigen. Ewig auf dem Posten sein – und immer die würgende Angst vor dem Altwerden und Abgetansein.«

Sie schämte sich des zeternden Mannes.

»Und was ist aus dem Choristen geworden?« fragte sie leise.

»Was soll aus ihm geworden sein?« schalt er entrüstet über ihre unbegreifliche Teilnahme für den Andern. »Er ist wieder in den Chor zurückgekehrt, wohin er gehört.«

Er warf sich mißmutig in den Stuhl, daß die Fugen krachten.

»Und obwohl er diese – diese unerhörte Stimme hat, wie du sagst, wird er weiter unbekannt und unberühmt dahinleben? Vielleicht in Elend und Not?«

»Natürlich. Hochkommen ist Glückssache. Deshalb muß man sich doch so hartnäckig an den Erfolg ankrallen und – –«

Sie stand auf.

»Ich muß gehen,« sagte sie heiser.

»Gehen? Jetzt? Wieso auf einmal?«

»Ich habe eine Verabredung.«

»Eine Verabredung, die dir wichtiger ist, als ich?«

»Es ließ sich nicht vermeiden,« log sie, »eine Bekannte –«

»Du, das dulde ich nicht,« warnte er grob. »Ich bin gewohnt, allem vorzugehen, allem.«

Sie antwortete nicht und ordnete ihr Haar vor dem Spiegel.

»Bitte, meinen Pelz.«

Er brachte ihn zornig.

»Also in Zukunft bitte ich mir aus, daß du dich für mich freihältst. Wie ist es mit morgen?«

»Morgen ist es unmöglich.«

»Und übermorgen?«

Ehe sie eine Ausflucht fand, verbesserte er sich:

»Übermorgen geht es ja auch nicht. Da ist Premiere. Du kommst doch natürlich?«

»Ja,« sagte sie lau, »Hals und Beinbruch.«

Endlich gewahrte er ihre Veränderung und Abgestorbenheit.

»Was hast du denn?« fragte er verdutzt.

»Nichts, ich habe nur Eile.«

Sie ließ sich leblos küssen und eilte davon. Auf der Treppe blieb sie stehen und wischte mit beiden behandschuhten Händen über ihr Gesicht. Diesen Mann, diesen kleinen, engherzigen Mann hatte sie geliebt. Diesem feigen Egoisten, der einen großen Kollegen im Chore verkommen und verkümmern ließ, hätte sie sich fast hingegeben. Sie rannte die Treppe hinab, als fliehe sie vor sich und ihrer Schmach.

Als sie gegangen war, schüttelte Bara verständnislos den Kopf. Sie hat doch was gehabt, grübelte er. Was bloß? Doch eine schwierige Frau. Aber lecker! Lecker! Dieses Gesicht, dieser ranke Körper mit dem harten Fleisch! Ich werde sie schon erziehen, tröstete er sich. Hm, was nun? Was sollte er mit dem angebrochenen Nachmittag beginnen? Einen Augenblick durchzuckte ihn der Gedanke, die Freiheit von heute zu benutzen und Fatma zu begütigen. Ihr den unbesetzten Abend schenken. Aber ein Widerstreben hielt ihn zurück. Nein, nicht ihr gegenüber noch einen Fehler begehen. Es war schon verrückt genug gewesen, sie nach Berlin mitzunehmen. Die Sache war endlich aus. Das Schlimmste war überstanden. Nicht wieder anbandeln. Nicht wieder die zerrissenen Fäden anknüpfen.

Er warf sich verdrießlich auf die Couch. »Bißchen dösen, vielleicht schlafen – dann bummeln – mal Berlin solo genießen.« Smoking und Wäsche hatte er vorsorglich aus dem Hotel in die Wohnung gebracht für den Fall, daß Viola mit ihm ausgehen wollte. Ja, schwieriges Weib – bißchen verstiegen – wie Frauen oft sind – – wird sich geben – – wird sich alles geben, nach dem großen Erfolg übermorgen – war immer anders, wenn sie ihn erst vom Erfolg umbraust gesehen – hatten – dann – wurde – das – – schwierigste – – – Weib – – – –

Er verdämmerte.

5

Peter Heise, der Chorist, erlebte einen der merkwür-
digsten Nachmittage. Er war bewegter und beunruhig-
ter, als er selbst geglaubt hatte, von Jo Ternitz geschie-
den. Er ging den weiten Weg von der Bendlerstraße
bis zur Boyenstraße im Norden zu Fuß. Er ging überhaupt viel zu Fuß – aus Sparsamkeitsgründen. Heute
wanderte er die weite Strecke, ohne es zu merken. Jo
wirkte narkotisch in seinem Blute nach. Sie war das
erste junge Weib, das sich die Mühe genommen hatte,
durch seine verhärtete abwehrende Seemannshäutung
bis zu dem Menschen Peter Heise hindurchzudringen.
Der Erfolg war revolutionierend.

Zuerst, auf dem langen Heimweg, kämpfte er mit
dem eingefleischten Argwohn und Mißtrauen des niederdeutschen, primitiven Menschen. Was wollte diese Primadonna von ihm? Was wollte diese arrivierte
junge Dame von ihm, dem Unscheinbarsten der Un-
scheinbaren? Dann besiegte das Künstlertum in ihm
die Skepsis. Was sollte sie von ihm wollen, wenn nicht
ihn – ihn – Peter Heise? Wahrscheinlich – sicher –
sie hatte es ja auch selbst gesagt – hatte ihr seine Stimme gefallen. Sie sah in ihm einen ebenbürtigen Kollegen. Der erste Fremde, der ihn in seiner Niederung

entdeckt hatte. Nein, nicht der erste. Auch Buchner.
Aber sie auch.

Von dieser Erkenntnis ihres künstlerischen Scharf-
blicks zur Dankbarkeit, von der Dankbarkeit zur Verwunderung, von der Verwunderung zur Bewunderung, von der Bewunderung zu einem heiß aufquel-
lenden Gefühl, das nur als erster Keim einer Liebe
bezeichnet werden konnte, waren nur wenige Schrit-
te. Heise tat sie.

Nie war ihm der weite Weg vom Westen zum Norden so kurz erschienen. Die Friedrichstraße und Chau-
seestraße ging er im Rausch und Traum der ersten ver-
liebten Verzückung seines Lebens. Noch nie war ihm
eine Frau nahegetreten – außer den Damen, die das
Stadtviertel stark bevölkerten, das er bewohnte. Aber
ihre mehr oder weniger – meist weniger – ehrbare
Annäherung hatte er stets liebenswürdig, doch fest
abgewiesen. Er hatte noch nie eine Geliebte besessen,
aus Mangel an Geld, aus Mangel an Neigung. Und
weil er in seinem sauberen, friesischen Herzen eine
unmoderne Reinheit und eine unbelastete Sehnsucht
trug. Eine Sehnsucht nach der großen Liebe, von der
die Sagen und Märchen erzählen. Er aber glaubte, er
würde ihr im Leben begegnen, denn er war bei aller
Seemannsnüchternheit ein kühner Phantast.

Jetzt läutete ein dummes Herzklopfen in der Brust
Sturm, wie die Kirchturmglocke in dem heimatlichen
Dorf oft des Sommers bei Feuersbrunst durch Blitz-
schlag. Der Wetterstrahl hatte in sein Gemüt eingeschlagen. Er brannte lichterloh, als er in die Boyen-

straße einbog. Ja, Jo Ternitz war die Ersehnte, Zug um Zug, schien ihm jetzt schon, wie sie durch seine Träume gegangen war, die wachen und die echten, Jo Ternitz die ihm heute durch ein Wunder gegeben worden war.

Doch hart im Raume stoßen sich die Dinge. Sein Leben war nicht danach gezimmert, plötzlich in eitel Freude und Frohlocken auszuarten. Mitten hinein in den Taumel der Erfüllung schlug der widrige Alltag diesen armen Chorsänger mit erbarmungsloser Faust.

Als Heise den kleinen dunklen Flur betrat, der zu seiner – nur im euphemistischen Sinne »möbliertes Zimmer« zu benennenden Kammer führte, fiel er über ein Hindernis. Der Lärm, den sein Stolpern erweckte, rief die Wirtin, Frau Breitspecht, aus ihrer Küche.

Die Tür dieses wichtigen Raumes öffnete sich, in das Dunkel des Korridors fiel Licht heraus. Jetzt konnte Heise zu seinem Staunen erkennen, daß er über einen Haufen Kleider, Wäsche, Noten, Bücher und ein Köfferchen gestürzt war. Diese Weghemmung schien ihm irgendwie bekannt, ja, bei näherer Betrachtung war er fast überzeugt, daß sein bescheidenes Eigentum, sein gesamtes Hab und Gut, dort auf dem Boden lag.

Ihm blieb keine lange Frist, verwunderte Betrachtungen anzustellen. Frau Breitspecht, eine behäbige, dicke, gutmütige Person, gab rasch und aufschließend Bescheid.

»Ja, lieber Herr Heise,« begann sie in schlecht verhehlter Gewissensnot, »Sie dürfen es mir nich verübeln. Jeder is sich schließlich selbst der nächste, nich wahr?«

Heise konnte dieses Lebensprincip nicht leugnen. Er ahnte schon manches.

»Sie sind ein lieber, solider Mieter,« fuhr Frau Breitspecht, schon etwas sicherer, fort. »Allens, was recht is, aber davon kann ich nich leben. Ich bin nun doch mal leider auf die Miete anjewiesen.«

Jetzt wußte Heise alles, obwohl er kein Hellseher war.

»Es tut mir schrecklich leid, Frau Breitspecht,« suchte er seine Säumnis zu entschuldigen, »aber Sie wissen doch, ich hatte monatelang kein Engagement, und das Stempeln hat mir genau acht Mark zweiundachtzig eingebracht pro Woche. Zum sterben zu viel und zum leben zu wenig. Da muß man Schulden machen.«

»Versteht sich.«

»Und wie ich nun die erste Gage bekommen hab, ging alles für die Schulden drauf. Ich konnte doch nur Leute anpumpen, die es auch nicht entbehren können.«

»Begreif ich ja allens, Herr Heise,« beteuerte Frau Breitspecht und breitete die Arme. »Man is ja nich so. Sie können doch wirklich nich sagen, daß ich so bin und Sie gedrängt habe.«

»Haben Sie nicht, Frau Breitspecht, und von der nächsten Gage bezahle ich Ihnen alles auf Heller und Pfennig. Verlassen Sie sich darauf.«

»Das werden Sie wohl nich, Herr Heise.«

»Ich gebe Ihnen mein Ehrenwort,« unterbrach er emphatisch.

»Nein, das werden Sie nun nich mehr, Herr Heise, von wegen weil ich heute Mittag ihr Zimmer vermietet habe.«

»Mein Zimmer?« Er wandte den Kopf mit einer betroffen zärtlichen Wendung seiner Stubentür zu.

»Ja, Herr Heise,« seufzte Frau Breitspecht und strich den Rock über ihrem Schoß glatt. »Ich bin eine arme Witwe und lebe, wie Sie wissen, von meiner kleinen Pension und der Vermietung. Und die Pension is nu auch noch gekürzt worden. Und da kam einer heute und fragte nach, ob ich was freihätte. Er hat schon mal bei mir gewohnt und hat dann nach Fürstenberg fortgemacht. Sehnse, der hat immer pünktlich gezahlt und auch gleich heute den Rest von den Monat angezahlt. Na, da hab ich ihm ihr Zimmer gegeben. Das könnense mir doch nich übelnehmen. Leicht is es mir, weiß Gott, nich geworden, denn Sie sind mir ein lieber, solider Mieter, wie gesagt. Aber jeder is sich selber der Nächste in dieser schweren Zeit.«

Heise konnte es wieder nicht leugnen. Auch deshalb nicht, weil ihm die Zunge im Mund verdorrt war. Der Sturz aus dem Himmel seiner ersten Liebe in die Hölle seiner Alltagsmisere war zu tief und zu jäh. Er sah bestürzt auf das Häufchen Eigentum am Boden nieder.

Frau Breitspecht folgte seinem verstörten Blick.

»Ich bin nich so, ich behalte nichts zurück,« besänftigte Sie seine Verlorenheit. »Nehmen Sie Ihr Zeugs ruhig mit. Wenn einer nich kann, dann kann er eben nich.«

»Ich werde Ihnen später alles zahlen,« flüsterte er, kniete nieder und packte mit automatischen Bewegungen seine Sachen in den Koffer. Frau Breitspecht stand stumm dabei. Die Unterbringung seiner Habseligkeiten erforderte keine lange Zeit. Ihr Hauptbestandteil waren seine Noten und Bücher. Dann sah er unschlüssig um sich.

»Nehmense es mir nich übel,« bat die Frau. »Sie müssen doch zugeben: jeder is sich selbst – –«

»Ja, ja« unterbrach Heise die dritte Wiederholung der wenig trostreichen Maxime. »Na, denn adieu, Frau Breitspecht – sowie ich Geld habe –«

Schnell unterbrach sie. Wozu den armen Teufel noch lügen lassen?

»Lassen Sie man, Herr Heise, wenn Sie was haben, werden – se es selbst brauchen können. Ich rechne nu ja nich mehr damit. Viel Glück! Heutzutage muß jeder sehen, wo er bleibt.«

Auch damit hatte sie recht. Peter Heise mußte nun sehen, wo er blieb. Er stand auf der Straße, den Koffer in der Hand, und überlegte, wo er bleiben konnte. Die Frage war nicht ganz leicht zu lösen. Er hatte genau 45 Pfennig in der Tasche und auf keiner Bank oder Sparkasse oder sonstwo in der Welt Reserven. Wohin? Nirgends würde man ihn ohne Vorauszahlung aufnehmen. Frau Breitspecht war eine menschenfreundliche Ausnahme gewesen. Aber diese Humanität hatte sich jetzt bitter gerächt. Wohin?

Er ging zur Chausseestraße zurück. Ging wieder den Weg, den er vor wenigen Minuten mit tausend Glückssegeln dahingetrieben war. Jetzt hing sein Lebenssegel schlaff und traurig nieder in einer bösen Flaute.

Mein Gott! Wie spät war es denn eigentlich? Er suchte eine Uhr, seine war auf dem Leihamt. Dort – zehn nach vier. Er hatte sich zuhause nur ein bißchen waschen und propper machen wollen für den ungewohnten Besuch bei einer Dame. Was nun? Das Vernünftigste war, anzurufen und abzusagen. Hm – – ja absagen! Was sollte das alles? Ein obdachloser Bettler und ein wohlhabendes, verwöhntes Mädel – – war ja Unsinn – war einfach verrückt. Wohin sollte das führen?

Er ging und ging. Ein Schmerz war in ihm und ein Verzagen, das er trotz allem Schweren, das er in Berlin durchlebt, noch nie empfunden hatte. Und eine zornige Verzweiflung wallte in ihm auf, weil er ein Paria war, so verfemt vom Schicksal, daß er nicht zugreifen durfte, wenn das Glück ihm endlich einmal die Hand entgegenstreckte.

Er ging und ging. Die Zähne verbissen, die grauen Seemannsaugen starr vor sich hin gerichtet. Da plötzlich glomm das Feuer wieder auf, das unter der Dusche, die Frau Breitspecht auf ihn niedergetrauft hatte, fast verloschen war. Sein Optimismus, diese unverwüstliche Kraft, die ihn bisher aufrecht erhalten und gegen alle Ungunst des Geschicks hatte trotzen lassen, hob ihn wieder aus seiner tiefen Niedergeschlagenheit empor. Nein! Nicht absagen! Nicht das bißchen Glück, das sein Dasein ihm endlich bot – – bißchen Glück? Gemein! Undankbar! Ein Ozean von Glück! Dieses Mädel! Dieses herrliche Mädel lud ihn ein und er – – – – –.

Ein Übermut und eine Verwegenheit, die ihm so fremd waren wie die Leidenschaft, die ihn beseelte, stieß ihn vorwärts. Wichtigkeit, ob er eine Wohnung hatte oder nicht! Er hatte schon oft im Freien kampiert. Was bedeutet das für einen, der tausend Nächte seiner Jugend draußen auf dem Meere gefischt hatte. Schlimmstenfalls ging er abends auf das nächste Polizeirevier und bat um ein Obdach. Keiner brauchte in Berlin in einer Winternacht im Freien zu erfrieren. Jetzt mal losgelaufen! In dreißig Minuten muß die Strecke bis zur Fasanenstraße geschafft werden.

Er stürmte los. Vergessen war Armut und Obdachlosigkeit. Er dachte nur an Jo, sah deutlich vor sich ihr Gesicht, ihr Haar unter dem braunen Hütchen, ihr Lächeln, ihre blühende Wärme. Hörte wieder ihre Stimme gut und lieb und vertraut zu ihm reden. Und erst, als er im zweiten Stock vor der Tür der Pension Quisisana läutete, fiel ihm ein, daß er den Koffer in der Hand hatte. Unterwegs hatte er das schwere Ding – die Bücher wogen doch allerhand – nicht gespürt. Wohin damit? Er überlegte, wo er das sichtbare Zeichen seiner Exmission verbergen könnte. Da öffnete ein Mädchen in Haube und Tändelschürchen die Tür.

»Ich möchte zu Fräulein Ternitz,« bat er scheu.

Die Zofe verbarg ihr Erstaunen nicht. Sie hatte den Mann für einen der zahllosen Bettler gehalten, »schofel« wie er aussah.

»Bitte,« fragte sie zögernd, »weiß Fräulein Ternitz Bescheid?«

»Ja.«

Sie ließ ihn trotzdem nicht ein.

»Ich werde lieber erst fragen,« bedeutete sie mißtrauisch, »wie ist Ihr Name?«

»Peter Heise.«

Sie schloß die Tür vor ihm. Er stellte den Koffer nieder. Jetzt fühlte er seine Schwere. Gleich darauf kam das Mädchen wieder. Ihr Benehmen hatte sich gewandelt.

»Bitte sehr, Herr Heise, Fräulein Ternitz läßt bitten.« Sie öffnete weit die Tür. Er trat ein und vergaß in seiner Verlegenheit und erwartungsvollen Freude den Koffer.

»Wollen Sie bitte ablegen?«

Es war ihm peinlich, seinen dürftigen Sommermantel hier in der Diele als allgemeines Schaustück auszustellen. Das Futter war arg zerschlissen. Aber es ließ sich nicht umgehen. Das Mädchen hatte schon den Kragen gefaßt, er mußte ihr den Mantel als Beute lassen. Dann ging Sie den Korridor entlang, öffnete die Tür zu einem Zimmer und ließ Heise eintreten.

Die Stube war leer. Er sah sich befangen um, erkannte auf den ersten Blick, daß dieses Allerweltspensionszimmer Jos persönliche Note trug und etwas von ihrem Duft und ihrem Odem atmete. Sicher waren die Bilder dort und die Bücher ihr Eigentum. Und die Kissen auf der Chaiselongue. Auf dem Flügel standen geöffnete Noten. Er stahl sich auf Zehenspitzen hin. Die Verlockung, zu sehen, was sie sang und spielte, war zu stark. Es war eine Partitur des »Columbus«. Ah, sie hatte geübt.

Er blickte sich wieder um und schnüffelte die Luft ein.

Sie war nicht parfümiert – nein – aber doch ein Hauch von ihrer Fraulichkeit hing darin. Ihm wurde plötzlich bewußt, daß er zum ersten Mal in einem Frauenboudoir, in der Lebensstätte eines jungen weiblichen Menschen war. Unbehaglich behaglich wurde ihm. Ein seltsames Gefühl beschlich ihn. Da überfiel ihn der Gedanke, daß er ihr hätte Blumen mitbringen müssen. Ja, das wußte er, er lebte ja nicht außerhalb der Welt, daß ein junger Mann einer jungen Dame, die er zum ersten Mal besucht, Blumen mitbringt. Ein bitteres Lächeln glitt um den Mund mit den scharfen schmalen Lippen. Er Blumen kaufen! Er, der heute noch nicht einmal gegessen hatte.

Da trat sie durch die angelehnte Tür, die zu ihrem Schlafzimmer führte.

»Tag!« rief sie fröhlich, »das ist fein, daß Sie so pünktlich kommen.«

Sie erfüllte das Zimmer, schien ihm, mit dem Leuchten, das in ihr brannte wie in einer ewigen Lampe. Sie dünkte ihn größer als sonst. Er hatte sie bisher nur in sportlich kurzrockigen Straßenkleidern auf der Probe gesehen. Jetzt, in dem weißen, an ihrer Gestalt herabfließenden Teekleid aus Crêpe Georgette, erschien sie schlanker und gestreckter und noch schöner, phantasierte er. Doch das war ein getrübtes Urteil. Eine Schönheit war Jo Ternitz nicht. Nur sehr belebt und sehr vif war sie und hatte prachtvolle echte Farben geschonter und gepflegter Jugend.

»So, nun setzen Sie sich und machen Sie es sich gemütlich,« mahnte sie und deutete auf einen einladenden Sessel. Dann begann sie an einem elektrischen Teekessel zu hantieren.

Er setzte sich, nicht frei von Minderwertigkeitskomplexen, und sah ihr stumm zu. Eine labende, streichelnde Atmosphäre wehte ihn an. Dem obdachlosen, vom Schicksal herumgestoßenen Mann wurde seltsam gut ums Herz. Er kam sich ein wenig verwunschen vor. Er, Peter Heise, der, wenn er Glück hatte, in ungeheizten unbehaglichen Kammern hauste, saß in aller Behaglichkeit wie ein durchgedrungener großer Herr in einem warmen hübschen Gemach, ja, sowas konnte man nur »Gemach« nennen, und schaute einer mädchenhaften Dame zu, die Tee für ihn bereitete. Es geschahen noch Wunder und Zeichen, bei Gott! Auch für den bettelarmen, vergeblichen Schicksalsturm-Kletterer Peter Heise.

Sie plauderte. Er verstand kaum, was sie sagte. Das Wunder rauschte in seinen Ohren. Vielleicht war es auch der Hunger. Sie reichte ihm eine Tasse Tee, legte ihm Brödchen auf und Kuchen. Er nahm, er aß. Er wollte nicht gierig zugreifen, sich nicht verraten. Er tat überlegen und gesättigt, wie einer, der mit vollem

Magen liebenswürdig noch ein Häppchen genehmigt. Aber vor ihr gab es keine affige Komödie.

»Langen Sie tüchtig zu,« ermunterte sie, »zieren Sie sich nicht, Sie sehen, ich habe gründlich vorgesorgt.« Sie zeigte auf die üppige Schüssel.

Er griff zu. Mit der Glut des Tees, der feurig in seinen durchfrorenen Körper hinabsickerte, mit der beginnenden Sättigung erwachten seine Lebensgeister. Jetzt verstand er die Worte, die sie sprach, hörte nicht mehr nur akustisch ihre bestrickende Melodie.

»Ich habe über das nachgedacht, was Sie mir erzählt haben,« sagte sie. »Es muß mit Ihnen etwas geschehen, Peter Heise.«

Er lächelte so schmerzlich, als er vor ihren braunen Augen schmerzlich zu lächeln vermochte.

»Was soll mit mir geschehen?« fragte er wegwerfend.

»Sie sollen nicht resigniert sein,« schalt sie.

»Ich bin wahrhaftig nicht resigniert,« stellte er richtig, »aber was soll denn wirklich mit mir geschehen?«

»Ich werde mit Buchner sprechen.«

»Was kann Buchner für mich tun, Fräulein Ternitz? Der ›Columbus‹ ist besetzt. Übermorgen ist die Premiere. Es wird ein Bombenerfolg werden, das wissen Sie so gut wie ich, wird bis in den Sommer hineingehen. Wie soll Buchner da für mich andere Verwendung haben? Ich muss Gott täglich auf den Knien danken, daß ich in dieser entsetzlichen Zeit voraussichtlich monatelang im Chor zu tun habe.«

Sie schwieg betreten.

»Aber so geht es doch nicht weiter! Sie verzehren sich innerlich.«

»Ach was verzehren! Es muß eben so weiter gehen, bis wieder mal so eine große Chance kommt wie heute Morgen.«

Sie reichte ihm die Schüssel. Er nahm.

»Auch darüber habe ich gesonnen,« sagte sie eifrig. »Wenn Ihnen *das* gelungen wäre!«

»Ja, wenn!«

»Wenn dieses Ekel Bara –«

»Sie können ihn auch nicht leiden?«

»Ich? Diesen eingebildeten, hohlen Menschen leiden? Lieber Heise, seine Stimme in Ehren, alle Hochachtung davor, die imponierende Beherrschung seiner Mittel – aber als Mensch – zehn Schritt vom Leibe!«

Er hätte aufspringen und sie für diese Worte – Ja, was? Er wußte nicht recht. Aber er fühlte, er hätte jetzt irgendetwas Unerhörtes, etwas, das die Welt umstürzen mußte, tun können. Er barst nun bereits vor Eifersucht auf jeden andern Mann, der ihr gefallen konnte. Und Bara, der große Bara, gefiel ihr nicht! Zehn Schritt vom Leib, hatte sie gesagt, und er, er saß hier keine zwei Schritt von ihr entfernt!

»Ich begreife nicht,« fuhr sie sinnend fort, »wie diese feine, intelligente Frau, die Nansen, sich an diesen Proleten fortwerfen konnte. Mir einfach unerklärlich.«

Er wagte nicht zu antworten, fühlte sich schuldbewußt im Glashaus sitzen. War es nicht genau so unerklärlich, daß dieses Mädel, dieses Mädel dort in dem kostbaren weißen Kleid, ihn zu sich einlud und bewirtete und ihres Geplauders, ihrer Gedanken, ihrer Nähe und ihrer strahlenden Menschlichkeit würdigte? Oder war es nur Mitleid?!

Plötzlich regte sich sein Mißtrauen wieder und erstickte ihn fast beim Essen. War es am Ende nur Erbarmen mit einem armseligen, verhungernden kleinen Kollegen – Kollege! – lächerlich.

Er ertrug den drängenden Zweifel nicht. Er mußte Gewißheit haben. Er mußte die Frage stellen, die seine Schicksalsfrage geworden war, mußte wissen, ob sie ihn nur aus Mitleid angesprochen und zu sich eingeladen hatte, wie man einen Bettler von der Straße mit hinaufnimmt und ihn abfüttert, weil der Jammer einen erschüttert.

»Frauenliebe ist eben etwas Undeutbares,« folgerte sie gerade in Gedanken an Fatma Nansen.

Er fühlte sehr wohl, daß der Augenblick ungeschickt und taktlos gewählt war nach diesen Worten. Aber er mußte wissen, warum er hier saß. Er ertrug die Pein nicht von dieser Frau, die er liebte, – ja, ja, jetzt liebte er sie. Je ferner sie ihm innerlich rückte, desto sehnsuchtsvoller liebte er sie – von dieser Frau bemitleidet zu werden.

Er platzte heraus: »Warum sind Sie so gut zu mir, Fräulein Ternitz?«

Sie sah ihn verblüfft an aus den länglichen Augen, das Schönste in ihrem klaren Gesicht.

»Warum? Drollige Frage, Peter Heise. Weil ich Sie gern hab, natürlich. Das können Sie sich doch eigentlich selber sagen.«

Er spürte wieder das fast unbesiegliche Verlangen, aufzuspringen und sie in die Arme zu reißen. Jetzt wußte er schon, was er zu tun begehrte. Ein Mann sein. Wie ein Mann handeln. Aber alles war ihm so neu, so ungewohnt und nie erfahren. Das Bewußtsein, jämmerlich angezogen zu sein und wahrscheinlich schmierig, ungewaschen nach der Probe und ungekämt – und alles – wurde zu einer lächerlichen Hemmung. Dabei schrie es in ihm laut: sie hat dir ja eine verhüllte Liebeserklärung gemacht! Nein, eine unverhüllte. Er fühlte, daß er sich tölpelhaft und wie ein Klotz benahm und brachte aus seinem verbohrten Argwohn nichts weiter heraus als die barsche dumme Antwort:

»Ich fürchte, es könnte Mitleid sein. Das brauch ich nämlich nicht. Jetzt, wo ich das Engagement bei Buchner habe, geht es mir gut. Ausgezeichnet. Mein Anzug – na ja – das ist pure Nachlässigkeit, wissen Sie. Es geht mir augenblicklich materiell hervorragend.«

Er schrie es fast in seiner Angst vor ihrer Barmherzigkeit. Da klopfte es. Jo rief »Herein«. Ihre Stimme klang geschraubt. Sie empfand genau, was in dem Mann da vorging, dem ihre erste verwirrt staunende Neigung zugeflogen war.

Das Mädchen mit der weißen Schleife und dem Tändelschürzchen trat ein. Sie hielt einen ramponierten Segeltuchkoffer in der Hand.

»Verzeihen, gnädiges Fräulein, ich wollte bloß mal fragen, ob dem Herrn der Koffer gehört. Herr Leuthold hat ihn vor unserer Entreetür gefunden.«

Es war ein Bühneneffekt. Kein glücklicher für einen Mann, der gerade mit der Fülle seiner irdischen Güter prahlte. Heise fühlte einen eiskalten, physischen Stich in der Herzgegend. Er sah die Augen der beiden Frauen fragend, auf sich gerichtet.

»Ja,« schluckte er. Der Adamsapfel ruckte hilflos auf und nieder. »Der Koffer gehört mir.«

»Setzen Sie ihn dorthin.« Jo wies harmlos tuend in eine Ecke. Das Mädchen tat es.

»Danke,« sagte Jo unbefangen. Das Mädchen ging. Dann war eine Pause würgender Pein. Endlich fragte Jo mit gewaltsam leichtem Ton:

»Warum ziehen Sie mit dem Koffer umher?«

Er saß vornübergebeugt, die gefalteten Hände an den langen Armen hingen schlaff zwischen seinen Knien nieder. Er starrte zu Boden. Langsam richtete er seine Stirn empor. Seine Augen schienen ihr gerötet. Eine Qual flackerte in ihnen.

In diesem Augenblick seiner tragischen Demütigung liebte Jo ihn zuerst. Liebte zum ersten Mal mit der Liebe, die über Zeit und Stunde steht, und der Liebe, vor der ein Tag ist wie ein Jahr und ein Jahr wie ein Tag. Alles Gute, Mütterliche, Zärtliche ihrer liebevollen Natur ballte sich in ihr gewaltsam zusammen und sprang ihm entgegen.

»Aber, mein Junge – sag doch – sprich doch.« Sie drängte sich an seinen Stuhl. »Was ist denn? Kannst du es mir nicht sagen?«

»Doch!« Ein letzter Trotz, dann löste sich in ihm das Eis, das Jahre der Not und erbitterten Stolzes zusammengefroren hatten. Es zersprang unter der tauenden Gewalt ihrer Innigkeit. »Meine Wirtin hat mich hinausgeschmissen!« Er versuchte zu lächeln, versuchte sein Mißgeschick zu bagatellisieren. »Und weil ich nicht zu spät kommen wollte – – aber das macht nichts, ich finde nachher schon was. Sie brauchen – du – brauchst dich nicht zu beunruhigen. Ich – –«

Weiter kam er nicht. Sein Gesicht war plötzlich in ihren warmen, schützenden Händen. Eine Stimme, die vor gezügelter Leidenschaft bebte, sprach:

»Junge, hast du kein Vertrauen zu mir? Bramabarsierst daher, wie ausgezeichnet es dir geht und hast kein Dach überm Kopf. Du!« Sie schüttelte ihn. Ihre Züge waren plötzlich viel reifer. Ihre Lippen preßten sich in einer nie gekannten Erregung zusammen. »Du! Spielt denn das zwischen uns eine Rolle? Ist das nicht ganz gleichgültig? Kommt es darauf an, ob einer äußeren Erfolg gehabt hat oder darauf, ob einer was kann oder nicht? Weißt du nicht, was du kannst?«

»Doch.«

»Du!« Jetzt liefen zwei dicke Tränen über ihre Backen.

Da wurde er zum Mann. Da brach der Kerl in ihm durch, der nur verschüttet war und nie durchgebrochen war unter Elend und dem Fluch der Erfolglo-

sigkeit. Er schnellte auf, er riß sie an sich. Nicht sehr
gewandt und nicht sehr weltmännisch. Urkraft und
Trieb regierten die Stunde. Zwei Anfänger stoben
zueinander. Sie wehrte sich gegen den Mann aus ata-
vistischen Fraueninstinkten, wandte den Mund fort
vor seinen erobernden Lippen – gehorchte der trium-
phierenden Stärke, ließ ihm den Mund, wurde heiß,
bot ihm die Lippen – trunken – lechzend – erlöst.

Dann erwachten sie aus dem ersten Sinnenrausch
ihres Lebens, blickten sich an, wie Kinder den Weih-
nachtsbaum, und taumelten wieder zueinander. Dann
kamen abgerissene Worte, gestammelte Sätze und töricht kindlich traute Erklärungen: »gleich, als ich dich
auf der ersten Probe sah und hörte,« »ich hab nie gewagt, dich auch nur in Gedanken mit mir zu verket-
ten,« »du – –«

Es war nichts neues und nichts sehr Originelles, was
hier in Jos Wohnzimmer zwei junge Menschen einander zuflüsterten und zuraunten. Etliche Millionen
Liebespaare haben sich vor ihnen ähnlich geistvoll
unterhalten.

Aber dann wurde das Gespräch unter Jos prakti-
scher, zielbewußter Leitung sachlicher und vernünf-
tiger.

»Jetzt mußt du mir gestatten, dein Leben ein bißchen in meine Hände zu nehmen.«

»Wie meinst du das?« Schon wieder wuchsen ihm
Stachel aus der Haut.

»Du liebst mich doch?«

»Ja.«

»Dann mußt du mir gestatten – –«

»Ausgeschlossen!«

»Du weißt ja gar nicht, was!«

»Ich weiß ganz genau, worauf du hinaus willst. Aber unter keinen Umständen. Ich habe meine Gage.«

»Darf man fragen wieviel?«

»Hundert Mark.«

»Du – –« Sie hatte eine Erleuchtung. Ein elektrischer Funke hatte sie durchschlagen, der sie mit der Schnelligkeit eines Schienenzeppelins aus dem Zimmer entführte. Ein verdutzter Peter Heise blieb zurück.

Nach zwei Minuten wirbelte sie wieder herein«.

»Erledigt!« jubelte sie. »Du bist besorgt und aufgehoben. Die Biederfrau – eigentlich heißt sie Biedermann, aber wir nennen sie alle hier in der Pension Biederfrau, weil Biedermann doch für eine Seele von Weib ein geschlechtliches Paradox ist – also sie hat gerade ein kleines Zimmer frei. Nicht sehr elegant, nach dem Hof hinaus. Sei still, zieh nicht gleich so ein ruppiges Gesicht. Hör erst alles. Volle Pension 80 M. Das kannst du dir doch leisten.«

Er sah sie perplex an.

»Ich soll hier wohnen?!« Er zeigte vag ins Zimmer hinein.

»Hier nicht,« lachte sie, »aber dahinten. Heraus mit deinen Einwendungen, wenn du welche wagst.«

Da faßte er ihre beiden Hände.

»Jo, es klingt albern, wenn ich dir jetzt wieder sage, daß ich dich liebe. Das weißt du.«

»Ich nehme es an nach den Beweisen, die du mir gegeben hast.«

»Nein!« rief er heftig. »Ich scherze jetzt nicht. Es ist mein blutiger Ernst. Jo, ich hab doch nichts und bin nichts. Ich – – ach, es klingt alles so – so blödsinnig und brutal, aber ich kann von dir nichts annehmen.«

»Sollst du auch nicht, mein stolzer Prinz.«

»Ich kann, ich will in keine –,« er verdrehte verzweifelt seinen langen Körper, »wie soll ich es sagen?«

»Wie sag ich es meinem Kinde Jo? Sag es doch irgendwie, ich versteh schon.«

»Solange ich nichts bin – – ich würde dich vom Fleck weg heiraten, wenn ich was wäre und du wolltest.«

»Aber lieber Junge!«

»Doch, natürlich, aber ich kann, solange ich nichts bin – –«

»Ich versteh doch alles, quäl dich doch nicht so. Wir wollen ja auch nur Freunde sein. Aber ein bißchen hinaufhelfen darf ich dir doch wohl?«

»Aber sonst nichts! Nicht das Geringste. Ich kann von dir nichts annehmen. Ich kann dich auch nicht in irgendeine Abhängigkeit von mir bringen, solange ich nicht oben stehe.«

»Nein, nein, nein, nein!« rief sie ärgerlich und drollig und schlug zu ihrer Negation den Takt mit dem Fuße. »Das sollst du auch nicht. Aber das Zimmer kannst du dir doch wohl ansehen. Achtzig Mark für alles kannst du doch bezahlen?«

Das »Ja« nickte er zögernd.

»Na also, zu zahlen brauchst du erst am ersten, wenn du Gage bekommst. Hab ich das fein gemanagt?«

Er beantwortete diese lobfordernde Frage nicht in Worten. Er wußte seit einer halben Stunde, daß es noch eine andere Art mündlichen Verkehrs gab. Sie hatte es viel feiner gemacht, als sein argloses Friesentum ahnte. Sie hatte 150 Mark vorausgezahlt und hatte die Biederfrau verpflichtet, den plauderfrohen Mund zu halten. Denn ganz so biederfraulich, wie Jo tat, war diese Seele von einer Pensionsmutter denn doch nicht.

6

Premierenabende sind immer die sieghaften oder fatalen Fermaten eines Furiosos, eines Tages voll Aufregung, Temperamentsausbrüchen, Krächen, Explosionen von Höllenmaschinen, die überall umherliegen in Soffitten, Kulissen, im Proszenium.

Am Vortage der Premiere des »Columbus« war es nicht anders. Nichts klappte, nichts saß, nichts funktionierte. Die Generalprobe war die schwärzeste Katastrophe. Buchners kleine quicke Gestalt sprang umher wie ein elektrischer Hampelmann. Die schütteren Haare standen ihm buchstäblich zu Berge vor Zorn und Raserei und nackter Verzweiflung. Der Komponist und Dirigent weinte geheime Tränen. Er sah seinen künstlerischen Untergang vor Augen. Die beiden Librettodichter rangen im Dunkel des Parketts ihre Poetenarme und schworen einander, der Premiere morgen fernzubleiben. Wer wohnt auch gern lebend seinem Begräbnis bei? Die Darsteller der Solohauptpartieen waren farbloser und schlechter als sie je auf einer Probe gewesen waren. Kurz, alles war so hahnebüchen verpatzt und versaut, daß nach altem Theaterglauben morgen ein unerhörter Erfolg fällig war.

Die drei Träger der Hauptrollen, des Columbus, seiner Gemahlin Donna Felipa und der Königin Isabella, hatten jeder ihre sehr privaten Gründe zur Indisposition und ihre höchst persönliche Behinderung zur Hingabe an die Generalprobe.

Jo Ternitz schielte viel zu oft hinter sich auf den Chor, lauschte viel zu oft auf eine gewisse Tenorstimme unter den »spanischen Edelleuten und Volk«, um ihre Sinne auf ihre Rolle zu richten.

Aber die Verzweiflung Buchners und des Dirigenten belebte Bara zur tobenden Rabiatheit. Er schien im zweiten Akt von allen guten Geistern verlassen.

Der Grund seiner Verstörtheit war ein Telefongespräch, das er während des Umbaus der Szene nach dem ersten Akt in seiner Garderobe mit Viola Windal geführt hatte. Ohne eine Ahnung von der Mißstimmung, in der sie gestern von ihm gegangen war, in der Sehnsucht, heute wenigstens ihre erregende Stimme zu hören, rief er sie an. Er wollte ihr sagen, daß er morgen nur für sie singen würde, sie fragen, wo sie saß, daß er zu ihr hinaufblicken könne im Vorgefühl ihrer Liebe und der glücklichen Ahnung kommender geheimer Wonnen.

Das Gespräch über den Draht verlief aber weniger turteltaubenhaft, als Bara sich erträumt hatte.

Viola hatte eine lange Nacht des Grübelns und der Erkenntnis hinter sich. Die Enttäuschung, Scham und Ernüchterung, die sie aus der Wohnung des Anwärters auf ihre erste Untreue getrieben, hatte sich zur Erbitterung und einen tiefen Groll gegen den Mann aufgebläht, dem sie fast zum Opfer gefallen war. So sah sie ihr Erlebnis mit dem Tenor. Als einen »Reinfall« auf ein wunderbares Grammophon. Das war er. Mehr nicht. Sie war ungerecht. Sie zürnte dem Sänger unversöhnbar, weil er nicht klüger, nicht geistiger, nicht innerlich vornehmer war, kurz, daß er nicht dem Bild entsprach, das sie sich von ihm entworfen hatte. Als ob ihn ritterliche Ehre verpflichtete, einem romantischen Konterfei ihrer ausschweifenden Phantasie zu entsprechen! Der große, von der Welt vergötterte Sänger war für sie zu einem aufgedunsenen, hohlen Popanz geworden.

Je tiefer Bara in ihrer Achtung sank, desto höher stieg der verklärte Unbekannte, der Chorist, von dem Bara sehr unbesonnen und, trotz seiner zahlreichen Abenteuer, als stümpernder Ignorant der Frauenpsyche erzählt hatte.

Dieser Mann aus der Niederung des Theaters war für Viola zu einem geheimnisvollen Helden geworden. Er packte ihren Snobismus ebenso stark wie ihr romantisches Gemüt. Ein Mann, der Bara beinahe ausgestochen hatte, ein Mann, der im Dunkel dahinvegetierte! Hier blühte eine Aufgabe für eine Dame der großen Welt. Sie fühlte ein Zucken in der Hand wie ein Wünschelruten-Gänger, der ein Radiumlager gesucht und gefunden hat. Hier erwuchs eine unwiderstehliche Lockung.

Bisher, in ihren Kreisen, hatte sie und die Ihren immer nur den »Arrivierten«, den »Prominenten«, den Großen in Kunst und Wissenschaft zugejubelt, sie herangezogen, sie gefeiert und fetiert und sich und ihre Feste mit ihrem Glanz und ihrem Ruhme verbrämt. Hier wies der Zufall einen andern neuen spannenden Weg. Hier zeigte sich eine Möglichkeit, einem Menschen, der es offenbar verdiente, die große Karriere zu öffnen. *Sie wollte diesen neuen Tenor entdecken und lanzieren.*

Das war das Ergebnis einer fast schlaflosen Nacht und tiefschürfender Überlegung. Sie würde ihn einladen, ihn protegieren, einige Theaterdirektoren und andere maßgebende Leute vom Bau dazubitten und sie mit diesem zukünftigen Caruso überrumpeln. Der Rest war dann eine Kleinigkeit für ihre Fähigkeit, wichtige Männer zu bestricken, wenn der Neuling wirklich eine phänomele Stimme besaß. Aber daran zweifelte sie nicht. Bara hatte zu ehrlich neidvoll von ihr gesprochen. Buchner hatte dem Choristen Baras Rolle übertragen wollen, zwei unverdächtige Sachverständige, auf deren unbestochenes Gutachten sie ihren Plan getrost aufbauen durfte. Und vielleicht – vielleicht war dieser Tenor kein seelenloses Grammophon. Vielleicht war er ein Mensch, der – –

Viola Windal träumte einen neuen Traum von dankbarer Verehrung und Liebe.

Als Bara in der Pause zwischen dem ersten und zweiten Akt anrief, begrüßte sie ihn wenig enthusiastisch. Sie war sich nun über ihre Gefühle ihm gegenüber sehr klar, und mit der Verve und dem aggressiven Mut der Sportsfrau ging sie gegen ihn vor.

»Ich bin es, Liebling,« flötete die Stimme, die seit zehn Jahren die Sensation beider Hemisphären war.

»Ich bin nicht Ihr Liebling,« klang es bestürzend aus dem Mikrophon zurück. »Sie sind nicht allzu feinfühlig, Herr Bara, sonst hätten Sie merken müssen, daß ich gestern sehr verstimmt und niedergeschlagen von Ihnen gegangen bin.«

»Wie? Was sagst du? Verstimmt und niedergeschlagen?«

»Ja, das hab ich gesagt.«

»Aber weshalb? Was hab ich dir denn getan?«

»Nichts.«

»Aber du wolltest doch nicht – du hast dich doch gewehrt – –«

»Sie mißverstehen mich. Wir mißverstehen uns überhaupt immer. Ich mache Ihnen keine Vorwürfe. Wir kommen aus ganz fremden Welten und finden keine Brücke zueinander.«

»Aber, Liebling, ich verstehe nicht. Es war doch alles so schön und gut zwischen uns?«

»Das hab ich auch geglaubt. Ich war verblendet. Ich suche bei einem Manne aber etwas anderes als eine Stimme – – lassen wirs.«

»Aber, Viola« rief er ohne Begreifen. »Ich hätte dir doch mit tausend Freuden auch das Andere gegeben. *Du* warst es doch, die – – –«

»Wir reden wieder aneinander vorbei. Das Beste ist, wir bitten jeder den Andern um Vergebung, daß er in dem Andern falsche Hoffnung erweckt hat, und sagen uns ohne Groll Lebewohl. Leben Sie wohl, Herr Bara, und Hals und Beinbruch für morgen Abend.«

»Viola! Du kannst mich doch nicht einfach – – ich schwöre dir, du brichst mir das Herz.«

»Lieber Bara, wir wollen doch nicht falsche sentimentale Töne anschlagen. Sie werden sich sehr rasch trösten. – Ich bitte Sie nur noch um eine kleine Gefälligkeit. Darf ich?«

Er schwieg. Ihm blieb der Atem weg. Es war das erste Mal, daß eine Frau ihm den Laufpaß gab. Bisher war immer er der Austeiler dieser Abschiedslegitimation gewesen. Da keine Antwort kam, fuhr sie fort:

»Können Sie sich nicht rasch erkundigen, wie der Chorist heißt, von dem Sie mir gestern erzählt haben? Ach, und bitte auch seine Adresse,« fügte sie hinzu.

Wieder kam keine Antwort.

»Hallo? Hallo? Sind Sie noch dort?«

Er hieb den Hörer auf die Gabel, daß der helle Krach Violas Trommelfell gefährdete. Das war zuviel! Zu der Absage auch noch den Hohn. Das war zuviel für den verwöhnten Liebling der Frauen! Er saß von dunklen Gedanken umnachtet in seiner Garderobe, bis der Inspizient ihn zum zweiten Aufzug rief.

Es ist leicht erklärlich, daß Bara nicht ganz bei der Sache des Columbus war. Ihm! Ihm! Dem jede Frau zulief, der er nur mit dem kleinsten Finger winkte! Ihm hatte diese eingebildete, überspannte Pute den schlichten Abschied gegeben. Er hatte gleich gemerkt, daß sie ein sehr schwieriges, arrogantes Weib war. Eine von denen, die immer mit ihrem Geist protzen. Aber ihm einfach durchs Telefon zu sagen: Leben Sie wohl, Herr Bara, und damit aus. Das war zuviel. Das war das Unerhörteste, das ihm jemals – –.

Während er sang, dachte er: daß nur keiner es erfährt! Eine gefährliche Blamage. Kann leicht dem Nimbus schaden. Alles kann schaden. Alles. Immer ist man gefährdet und vom Niedergang bedroht. Daß nur keiner erfährt, wie diese – überspannte Person – – und die möblierte Wohnung! Unnütze Kosten. Bara war sehr sparsam. Hm, würde sehr bald eine Andere finden, die dieses hübsche kosige Liebesnest zu würdigen wußte, die – – verdammt und zugenäht! Um ein Haar hätte er wieder den Einsatz verpaßt. Mußte sich zusammennehmen. Die Gedanken an dieses treulose Weib ausschalten. Grinst dieser infame Bursche, der Chorist, dahinten nicht aus der Kulisse? Nach dem hatte sie sich erkundigt. Was wollte sie bloß von ihm? Merkwürdig! Unerfindlich! Was konnte sie von dem Schlucker wollen? »Oh Verzeihung, Herr Kapellmeister.« Nein, nein, er mußte sich zusammenreißen. An nichts anderes denken als seine Rolle. So, jetzt kam der Auftritt mit der Isabella. Sich scharf auf die große Szene konzentrieren.

Er starrte. Er vergaß fast die Begrüßungsworte: »Oh Königin, du meine Gnade, meine Hoffnung – – –« so verblüfft war er über Jo Ternitz in ihrer spanischen Staatsrobe. Bisher hatte er die junge Kollegin übersehen, einfach nicht gesehen. Auch noch vor zwei Tagen bei der ersten Kostümprobe. Damals hatte auch noch allerhand an ihrer königlichen Pracht gefehlt. Der letzte Schliff, der letzte Glanz, die letzte Erhabenheit. Als sie jetzt hereinrauschte, sah er sie bewußt zum erstenmal mit den Augen des Mannes. Sah sie, weil die Steifheit der spanischen Hoftracht einen pikanten Gegensatz bildete zu ihrem jungen belebten eifrigen Gesicht, weil sie hinreißend aussah und – weil er auf einen Tiefstand männlichen Selbstbewußtseins herabgesunken war. Er fühlte sich erniedrigt und gedemütigt und zerschlagen wie nie zuvor.

Jos Wirkung auf ihn war geradezu mystisch. Rolle und Leben gerieten durcheinander. Sie war für ihn plötzlich die Königin, die hohe Gnaden spendende Frau, die ihm Ehre und Selbstgefühl wiedergeben konnte. »Gebt mir die Karavellen, Königin,« sang er, flehte er, »laßt mich Euch und der Welt beweisen, was ich vermag.«

Er hatte bis jetzt auf der Generalprobe verwirrt und abgelenkt gesungen. Die Verquickung seiner eingebildeten Schmach und der Ehrenrettung durch Jo mit der Schmach und Ehrenrettung des Columbus durch das Vertrauen Isabellas war zu plötzlich über ihn gekommen. Er sang auch diese Szene heute schlecht. Aber er sang sie am nächsten Abend mit einer künstlerischen Überlegenheit, einer spontanen Kraft, einer inneren Beteiligung und Erlebtheit, einer überzeugenden Wahrheit, daß dieses Duett zum Höhepunkt der Opernrevue wurde. Es war der erste Orkan, der den weiten Zuschauerraum durchtoste.

Das Theater war auf zehn Tage im Voraus ausverkauft. Der Name Henry Bara war ein Kassenmagnet, der mit seiner Anziehungsgewalt auch über diese geldknappe Zeit der Krise triumphierte. Die Premiere des »Columbus« war *das* Theaterereignis dieses unerfreulichen Winters. Eine Auffahrt, wie in den glänzendsten Zeiten des Reiches. Ein gesellschaftliches Fest. Alles, was in Berlin noch Geld, noch Rang, Beziehungen und Ruf hatte, was siegreich hervorgegangen war aus dem Kampf um eine Eintrittskarte, paradierte im Parkett, säumte den Rang, prunkte in den Logen, begeisterte sich im Olymp.

Viola Windal hatte einen Platz in der Fremdenloge erstritten. Sie hatte Beziehungen. Ihr Mann war nicht anwesend, hatte eine wichtige Konsultation, konnte seine Pflicht als Theaterarzt heute ebenso wenig erfüllen, wie an anderen Tagen. Zum Glück war er niemals gebraucht worden. Freilich hatte er sich durch einen Kollegen vertreten lassen.

Wenn Viola ehrlich vor sich war, mußte sie sich eingestehen, daß sie an diesem Abend an sich irre wurde. Sie war berauscht von der Stimme Baras wie die letzte entflammte Musikstudentin im fünften Rang. Diesem Tenor konnte kein Frauengemüt widerstehen. Sie jubelte ihm zu mit den tausend Anderen und bedauerte fast ihre Übereilung von gestern und vergaß, vergaß radikal den Choristen. Sie war gekommen, ihn auf eigne Faust aus der Schar herauszufinden. Wenn er das verkannte Genie war, mußte sie ihn sofort erspähen. Dann mußte ein Fluidum von ihm ausgehen, das ihr sofort verriet, er ist es.

Aber kaum stiegen die ersten Töne aus Baras Zauberkehle auf, da geriet sie in seinen Bann, vergaß alles andere, ihren Groll, ihre Enttäuschung und den Mann aus dem Chor. Nie hatte Bara triumphaler, kaum je so meisterhaft vollendet gesungen. Wieder übersah das fanatisierte Publikum seine Mängel als Darsteller. Er behexte durch seine Stimme jede kritische Regung, jede Mißstimmung oder Skepsis, die aufzusteigen drohte. Er wollte heute bezaubern, mehr als je. Er wollte dieser Frau dort in der Fremdenloge, die er sofort beim ersten Auftreten erblickt hatte, zeigen, wen sie ausgeschlagen, wen sie übermütig von sich gestoßen hatte. Er wollte allen beweisen, wer der erste lebende Sänger war. Wie hoch er über jedem Nebenbuhler in seinem Fach stand – – und er wollte Jo Ternitz gewinnen. Wollte sie vor Überraschung von ihren Füßen heben, ihren Geist betören, sie durch seine Gaben und seinen Erfolg im Sturm nehmen. Sich zum Trost, zur Heilung seines verwundeten Selbstgefühls, zur Rache an Viola. Was war schließlich diese eingebildete Bürgerin gegen die erlauchte Sängerin und Schauspielerin? Gegen sie war auch Fatma nichts.

Dieses Urteil war eine schurkische Ungerechtigkeit eines Abtrünnigen. Fatma übertraf heute Abend ihre ruhmvolle Vergangenheit. Ihr Wille, ihre Energie schüttelten alles Ungemach, alle Ermüdung, alle Zermürbung von ihrer Seele ab. Zurück blieb nur eine leise Trauer und eine Wehmut, die lebensecht die Rolle der Donna Felipa verkörperte, dieser Frau, die den geliebten Mann hingeben muß an eine große Aufgabe, an die sie nicht glaubt. Sie stand durchaus ebenbürtig neben Bara und Jo Ternitz. Auch sie, wie die beiden andern großen Sänger dieses Abends, wollte mehr gewinnen als dieses Publikum. Sie wollte den Geliebten zurückerobern durch ihre Leistung. Ihm zeigen, daß sie noch jung war innerlich, noch begehrenswert, noch sieghaft. Doch ihre rührende Werbung glitt an dem Mann ab, der sie nicht hörte noch sah, der nur Augen und Ohren hatte für die junge sprühende Kollegin.

Denn auch Jo sang an diesem denkwürdigen Premierenabend des »Columbus« nicht für die Leute im Parkett und auf den Rängen. Sie sang und spielte, Ehre einzulegen bei dem Mann ihrer ersten Liebe, dem Choristen, der ihr verzückt aus der Soffitte lauschte, wenn er nicht hinter ihr auf der Bühne stand. Er allein sang weder für das Publikum, noch für einen geliebten Menschen. Er sang, um seine Gage von hundert Mark redlich zu verdienen. Sein Tenor ertrank in der Masse Mensch.

7

Das Trommelfeuer des Beifalls verdröhnte langsam.
Nur hier und da klatschten noch einige Unentwegte
nach, wie Schützenfeuer, das noch nachrasselt, wenn
die großen Geschütze schweigen.

Zuerst hatte ein Tornado der Begeisterung die drei
Hauptdarsteller an die Rampe gefegt. Immer wieder.
Immer wieder. Dann riefen Sprechchöre, die plötzlich aufwuchsen, den Komponisten. Er erschien. Die
Librettodichter. Buchner als Regisseur. Das Haus tobte. Dann blieben die Andern bescheiden zurück, über-
ließen dem großen Bara die Szene. Der Jubel stieg zum
Fanatismus. Bara war der Sieger des Abends. Für ihn
allein stieg der Vorhang noch achtzehn mal. Das Finale des zweiten Aktes mit dem Abschiedslied, mit dieser
einen kostbaren Strophe, hatte das kritische, gefährliche, spottsüchtige, für jede ungewöhnliche Leistung
aber begeisterungsfähige und leicht begeisterte Berliner Publikum zur letzten Ekstase entflammt. Der
Vorhang stand endlich.

Bara kam von der Bühne, heiß von Anstrengung
und Erfolg und stolzem Triumph. Buchner stürzte
auf ihn zu, renkte ihm beinahe den Arm aus. Bis zum
Sommer war sein Haus gesichert. Die andern dräng-

ten heran, Komponist, Dichter und Darsteller. Alles beglückwünschte den Sänger dankbar und beglückwünschte damit zugleich sich selbst. Bara war in großartiger Laune. Er gab gönnerhaft die Glückwünsche und Komplimente zurück. Jo sagte ihm einige nette Worte und ging.

Da hielt Bara seine Stunde für gekommen. Jetzt war die große Pause, Umzug hatte er nicht. Er befreite sich aus der Rotte der Schmeichler und Gratulanten und eilte Jo nach. Jetzt auf der Höhe des Erfolges, jetzt, da noch alles nachzitterte im Fieber des Sieges, wollte er mit seiner Liebe dieses berauschende Mädel beglücken. Er dachte fast »begnaden«. Der Abend hatte ihn wieder auf die gigantische Höhe seiner früheren Selbsteinschätzung gehoben.

Diesen ungeeignetsten aller Augenblicke wählte Fatma Nansen für die lang aufgestaute Aussprache. Gerade diesen Augenblick, in dem Bara lüstern und siegesgewiß Jo in ihre Garderobe folgte. Diese falsche Wahl trug böse Früchte.

Der Taifun des Beifalls hatte alle Wunden in Fatmas Gemüt wieder aufgerissen. Hatte die Erinnerung an ähnliche Tobsuchtsanfälle des Publikums in New York wachgerufen, hatte ihr die erste Zeit ihrer Liebe wieder vorgezaubert, der Zeit, als Bara nach Amerika gekommen war.

Sie war bis in die letzten Tiefen ihrer Leidenschaft aufgerüttelt und aufgewühlt. Sie wußte kaum noch, was sie tat. Sie wußte nur, daß sie ohne diesen Mann nicht leben konnte. Sie mußte ihn zurückgewinnen oder zugrunde gehen. Jetzt in dieser Stunde seines ungeheuren Erfolges sollte er über ihr Leben entscheiden. Sie stand im Bühnengang, er mußte an ihr vorüberkommen. Sie trat ihm in den Weg. Sie ächzte ihm zu:

»Henry, ich flehe dich an, komm mit in meine Garderobe. Ich muß mit dir sprechen.«

Bara sah Jo um die Ecke des Ganges biegen. Die Aufhaltung stört seine Pläne.

»Laß mich,« flüsterte er barsch, »jetzt nicht,« und wollte weitereilen. Doch Fatma ging es um Leben und Sterben. Sie ließ sich nicht abschütteln, sie faßte seinen langen spanischen Mantel, krallte sich hinein.

»Henry, du weißt nicht, wie es um mich steht. Ich ertrag dein Schweigen nicht länger. Du mußt –«

»Laß mich!« drohte er und suchte sich von ihr zu lösen. Er sah, daß zum Glück der Bühnengang leer war und keiner diese peinliche Szene beobachtete. Aber Fatma gab ihn nicht frei. Sie ließ den Mantel nur los, um ihn mit beiden Händen an den Aufschlägen zu fassen.

Da packte eine jähzornige Wut den Sänger. Er wollte zu Jo, wollte die Erregung des Augenblicks ausnutzen, die Siedetemperatur des Abends für sich ausbeuten. Er faßte unsanft die Arme der kopflosen Frau an den Gelenken und riß sie von dem Mantel los.

Diese Gewalttat löste Gewalt in ihr aus. Sie warf sich gegen ihn, ihr Gesicht war tragisch verzerrt. Es wurde zu einem Kampf, zu einem Ringen. Er schleuderte sie gegen die Wand des Ganges. In diesem Augenblick kam Peter Heise von der Bühne durch den Korridor. Er war auf dem Wege zu Jo. Sie hatte ihn gebeten, ihr in der Pause Gesellschaft zu leisten, hatte einen kleinen Imbiß bestellt.

Heise sah die brutale Tat des Sängers. Die Ritterlichkeit des Friesen trieb ihm das Blut ins Gehirn. Er blieb stehen.

»Was tun Sie da mit der Dame?« stieß er empört hervor.

Bara ließ seine Augen vom Kopf bis zu den Füßen des Choristen wandern. Immer dieser Mensch, der ihm in die Quere kam!

»Kümmern Sie sich um Ihre Angelegenheiten,« zischte er ihn wütend an und eilte davon.

Fatma lehnte mühsam atmend gegen die Wand, Heise trat zu ihr.

»Kann ich Ihnen irgendwie behilflich sein, gnädige Frau?« fragte er.

Sie sah ihn an mit verstörten, erloschenen Augen, die ihn nicht sahen. Ihr Leben verströmte. Alles war aus. Alles war vorbei. Ohne ein Wort der Entgegnung schleppte sie sich an der Mauer hin, tastete sich mit Händen und Körper entlang, hielt sich an der Wand aufrecht. Heise ging hinter ihr her, weil er fürchtete, sie könne fallen, bis sie in ihre Garderobe taumelte. Dann hastete er zu Jo. Die Zugänge zur Bühne waren jetzt leer, alles war in den Garderoben. Auf der Bühne wurde umgebaut.

Heise klopfte an die Tür der Garderobe, er erhielt keine Antwort und trat ein. Zu seiner Verblüffung fand er Bara in Jos Garderobe. Ein giftiger Blick des großen Sängers bohrte sich ihm entgegen.

»Sie wünschen?« schnaubte er.

»Ich warte auf Fräulein Ternitz,« entgegnete Heise noch immer arg betroffen über die Anwesenheit Baras.

»Wie kommen Sie dazu, hier einzutreten, ohne anzuklopfen?« verhörte ihn Bara.

Heise sah den Mann gelassen an.

»Darüber bin ich Ihnen doch wohl keine Rechenschaft schuldig,« sagte er ruhig.

»Ich habe mit Fräulein Ternitz zu sprechen. Scheren Sie sich hinaus.«

Heise war nicht der Mann, den man einschüchtern konnte, wenn er im Recht war. Was hatte dieser Bursche hier zu suchen? Noch dampfte in dem Choristen der Grimm über Baras rohe Gemeinheit gegen Fatma Nansen.

»Ich verbitte mir Ihren überheblichen Ton,« entgegnete er noch beherrscht.

Da schwemmte die oft aufgepeitschte Wut gegen diesen Menschen, der nach seiner Rolle gegriffen, nach dem Viola Windal gefragt hatte, über das nicht allzu widerstandsfähige Hirn Baras hin. Er trat dicht an Heise heran und keuchte: »Wie wagen Sie mit mir zu sprechen, Sie, Sie Nichts! Sie größenwahnsinniger Gernegroß!«

Noch immer hielt Heise an sich.

»Hüten Sie Ihre Zunge,« sagte er, immerhin schon bedrohlich.

Bara lachte falsch auf.

»Weil Sie es befehlen, Sie Herr Chorsänger? Was haben Sie hier überhaupt zu suchen? Scheren Sie sich in die Massengarderobe, wo Sie hingehören. Verstanden?«

»Das werden wir ja sehen, wenn Fräulein Ternitz kommt, wer hierbleibt,« entgegnete Heise. Zum ersten Mal überkam ihn ein Stolz ob seiner Erkorenheit.

»Das werden wir garnicht sehen,« brauste Bara auf. Dieser Mensch hier in der Garderobe war ihm sehr lästig, konnte seine Absicht geradezu vereiteln. »So lange werden wir nicht warten. Trollen Sie sich. Ein bißchen dalli, wenn ich bitten darf.«

Er faßte im Übermut seines neuen Erfolges Heise am Arm. Das hätte er nicht tun sollen. Eine unklare, unlogische Eifersucht verdüsterte das klare Denken des Friesen. Was hatte Bara hier zu suchen? Glaubte er etwa, weil das Publikum ihn eben mit einem Beifall überschüttet hatte, wie andere ihn nur in ausschweifendsten Träumen erleben, bildete er sich deswegen etwa ein, er könne hier bei Jo eindringen? Sie würde sich geehrt und hochgebenedeit fühlen, bloß weil er – – –?

Eine Berserkerwut verdunkelte seinen Verstand. Er schüttelte mit einem Aufrucken des Körpers die Hand von sich, die ihn berührte. Dann griff er selbst zu, riß die Tür auf und warf den größten lebenden Sänger wie ein Bündel hinaus in den Garderobengang. Es war doch wohl etwas von dem unterdrückten Grimm und Gram des Paria gegen den Brahmanen in dieser Gewalttat.

Der unfreiwillige Abgang Baras erfolgte gerade in dem Augenblick, in dem Jo zurückkehrte. Sie hatte liebevoll selbst nach dem Souper geschaut, das sie bestellt und nicht erhalten hatte. Begriffsstutzig blickte sie drein. Ihre länglichen Augen wurden ganz rund. Ein unverständlicher Laut der Bestürzung entfuhr ihr. Heise stand bleich in der Tür ihrer Garderobe. Bara raffte sich auf, rieb sich die Knochen.

»Das werden Sie mir büßen,« geiferte er wie die feigen bestraften Bösewichter aller Schauerstücke und hinkte davon. Heise zog Jo in die Garderobe.

»Peter! Was war das?«

»Er ist frech geworden. Was hat er übrigens in deiner Garderobe zu suchen?«

»In meiner Garderobe?«

Ihr Staunen war so echt, daß er sofort wußte, der Kerl war ohne Erlaubnis hier eingedrungen.

»Ich habe ihn hier vorgefunden.«

»Das versteh ich nicht.«

Er berichtete.

Es wurde kein kleines trautes geheimes Freudenmahl, wie Jo es sich ausgedacht hatte. Sie war sehr beunruhigt. Sie machte dem Liebsten keine Vorwürfe, wußte, daß Neid und Mißgunst bei ihm nicht im Spiel waren, begriff aber, daß dem von Mißerfolg Gezeichneten, dem Enterbten und Entrechteten einmal die Galle übergelaufen war gegen die Überhebung des vom Erfolg Gekrönten und zu den Wolken Erhobenen.

»Er wird sich rächen,« fürchtete sie.

»Laß ihn«.

Peter Heise tat groß. Im Grunde seines Herzens schwellte Angst und Sorge. Es läutete zum dritten Aufzug. Er küßte sie und ging.

Das eherne Gesetz der Bühne: vor den Kulissen den holden Schein wahren, und wenn hinter ihnen die Welt in Trümmer fällt, waltete während des dritten Aktes des »Columbus«. Er rollte grandios und prächtig ab. Die Fassade blieb unberührt. Keiner im Publikum ahnte, daß hinter einer bunten schillernden Außenwand Leidenschaft und Entfesselung tobte.

Bara war unmittelbar von seinem ungewollten Abschied aus der Garderobe zu Buchner geeilt.

»Dieser Mensch, der Chorist, ich weiß nicht, wie er heißt, der große, knochige Blonde – der neulich auf der Probe meine Rolle haben wollte –«

»Heise. Was ist mit ihm? Warum sind Sie so erregt, liebster Herr Bara? Denken Sie an den dritten Akt.«

»Dieser Kerl hat mich tätlich beleidigt.«

»Was?!! Tätlich beleidigt? Aber das ist doch garnicht – dieser Chorist?«

»Jawohl. Weil ich Fräulein Ternitz in ihrer Garderobe besucht habe, ihr zu ihrem schönen Erfolg zu gratulieren,« log er dreist.

»Deshalb hat er –? Mir steht der Verstand still.«

»Sie war zufällig nicht da. Ich warte. Er kommt herein – und, so wahr ich hier vor Ihnen stehe, – dieser

Bengel hat die Frechheit gehabt, mich aus der Garderobe zu werfen.«

Es dauerte lange, bis Buchner Worte fand.

»Ist der Kerl wahnsinnig geworden?« fragte er fassungslos.

Ein Mensch wagte es, an Bara, an dieses kostbarste Kleinod seiner Bühne, Hand anzulegen? »Ist der Mensch wahnsinnig geworden?« wiederholte er.

»Vielleicht,« gab Bara zu.

Da kam Leben in Buchner. Er fieberte umher, dabei sprudelte er: »Sowas ist mir denn doch noch nicht vorgekommen. Verzeihen Sie, liebster Herr Bara, daß Ihnen das an meiner Bühne passieren mußte. Der Bursche fliegt noch heute. Das ist ja selbstverständlich. Regen Sie sich nur nicht auf, Herr Bara.« Er tätschelte dem Tenor auf die Schulter, wobei er sich hoch auf die Zehenspitzen strecken mußte. »Nur keine Aufregung in diesem entscheidenden Augenblick. Wir sind ja durch. Der Erfolg ist gesichert. Aber Sie wissen, der dritte Akt, der dritte Akt! Ende gut, alles gut. Singen Sie weiter wie bisher. Eine Leistung, sag ich Ihnen! Ein Glanz in der Stimme! Triumphal!!«

Der dritte Aufzug blieb auf der Höhe der beiden ersten. Alle taten hingegeben diszipliniert mit letzter Kraft und letztem Können ihre Pflicht. Nur das Herz flatterte den beiden Frauen Fatma und Jo unbeherrschbar in dunklen Nöten und zitterte hinein in die Töne ihrer gemeisterten Stimmen. Aber gerade in der großen Szene zwischen den beiden Frauen, in der Donna Felipa die Königin anklagt, daß sie ihr den

Gatten entrissen und ihn zu ihrem Ruhme dem Verderben entgegen geworfen habe, in dieser Szene, in der zwei Frauen aufeinander platzen in Eifersucht und Haß, gab diese geheime Erregtheit, die in den Stimmen bebte, Gesang und Spiel ein lebensdurchpulstes und wirklichkeitsechtes Fluidum.

Atemlos lauschte der weite Theaterraum im Bann der beiden großen Darstellerinnen.

Heise stand in der Kulisse, bereit mit dem Chor die Bühne zu entern, sobald die große Szene beendet war. Buchner stand auf der andern Seite der Bühne, ihm gerade gegenüber. Er wollte jetzt nicht stören. Er wartete. Da capo! Eine Springflut des Beifalls. Der letzte Teil des Duetts mußte wiederholt werden. Buchner strahlte. Ein Bombenerfolg bis zum letzten Augenblick. Hatte er doch gleich erkannt, als er die Oper annahm. Er belog sich ein wenig. Auf einen solchen Erfolg war er nicht gefaßt gewesen. Da fiel sein Blick wieder auf den langen Lümmel da drüben. Unerhört! Dieser Chorist wagte es, die freudige Stimmung zu stören. Unglaublich!

Aus der Kulisse blickte Heise hypnotisiert auf Jo, Anbetung und Dank in den grauen Seemannsaugen.

Noch immer faßte er nicht ganz, daß dieses Mädel ihn, den Erfolglosen, den Bettler liebte. Sie war der einzige Mensch, mit dem er seit Jahren offen und rückhaltlos gesprochen hatte. Vor der er Worte gefunden hatte für die Beichte seiner Sehnsucht, seiner Besessenheit, seiner Erfolgssicherheit trotz aller Niederlagen. Trotz aller scheinbaren Aussichtslosigkeit.

Und plötzlich in diesen Minuten, in denen Peter Heise hier in der rechten Seitenkulisse stand und auf seinen Auftritt harrte, wandelte sich sein Leben. Alles, was bisher Inhalt seiner Wünsche und Hoffnungen gewesen war, brach kläglich zusammen, und eine neue glühheiße Sehnsucht flammte aus den Trümmern. Bisher hatte er hinaufgelangen wollen zum Glanz, zum Ruhm, zur großen Rolle aus Ichsucht, aus dem Verlangen, Tausende zu fesseln, zu beglücken, zu beherrschen durch seine Kunst und seine Persönlichkeit und seine Gaben.

In diesen kurzen Augenblicken änderte sich sein Weltbild. Nichts begehrte er mehr für sich, alles für Jo Ternitz. Ihr ebenbürtig werden! Ihr gleichen an Erfolg und Stellung! Ihr Beschützer und Schirmer, ihr Mann werden! Er verrankte die Finger, daß sie in die atemverhaltene Stille der Kulisse laut hinein knackten und alle sich mißbilligend nach dem Störer umblickten. Überwältigend vernichtend hatte ihn wieder die Einsicht übermannt, daß er ein Nichts war, ein armseliger Chorist, und sie die gefeierte Diva. Morgen würde sie ein Ruhm Berlins sein. Sicher. Nach diesem Erfolg.

Gequälter als je zuvor erflehte er im tiefsten Gemüt die große Chance, die heilige Woge, die auch ihn hinauftragen würde auf den bestrahlten Gipfel, auf dem sie thronte.

Da erhielt er von seinem Hintermann einen Stoß in den Rücken, daß er nach vorn taumelte. Er hatte überhört, daß die beiden Frauen schwiegen.

8

Heise kam mit dem Chor von der Bühne. Jo, Fatma blieben noch draußen. Zu ihnen eilte Bara, der überraschend, wider aller Erwarten, heimgekehrte Columbus.

Da trat Buchner zu dem Choristen, der wieder in der Kulisse stehen geblieben war und Jo bewunderte. Er raunte ihm zu: »Kommen Sie mal mit!«

Beklommen und wissend folgte ihm Heise. Auf der Hinterbühne machte der Direktor Halt. Mit gedämpfter Stimme, die nahe Szene nicht zu stören, fauchte er ihm ins Gesicht:

»Was haben Sie mit Bara vorgehabt?«

Heise zögerte, dann zuckte er ausweichend die Achseln. Er wollte Jos Liebe nicht verraten, wollte mit Jos Liebe nicht protzen. Keiner sollte wissen, daß sie zu ihm gehörte, zu ihm, dem Nichts. Es schien ihm, als verdunkele er ihre strahlende Herrlichkeit mit dem Bekenntnis, daß sie ihn in ihre Garderobe eingeladen hatte. Darum schwieg er.

»Sie müssen doch einen Grund gehabt haben!« schrie Buchner ihn unterdrückt an. »Sie sind doch nicht wahnsinnig geworden, daß Sie plötzlich meinen ersten Sänger tätlich anfallen!«

Unbeschäftigte Darsteller, Chormitglieder, Arbeiter hörten den direktorialen Krach und drängten neugierig hinzu.

»Er war ausfallend und frech,« verteidigte Heise sich jetzt in der Flüstersprache, die während der Vorstellung hinter der Szene Brauch ist.

»So? Frech?« höhnte Buchner. »Zu Ihnen frech, Herr Obertenor? So, so! Dann will ich Ihnen mal was sagen: Sie haben offenbar das Bedürfnis, immer aufzufallen, meistens mißliebig. Nach der Vorstellung lassen Sie sich auszahlen und verduften Sie. Sie sind ja ein ganz unglaublicher Zeitgenosse.«

Heise fühlte plötzlich seine Beine nicht mehr. Er knickte ein, wäre beinahe gestürzt. So vernichtend und nervenlähmend hieb diese Entlassung auf ihn ein. Keine Arbeit – kein Verdienst und fort von Jo! Am Abend nicht mehr mit ihr zusammen im Theater sein! Und das Zimmer in Jos Pension für achtzig Mark! Und arbeitslos! Und ohne Chance und – –! Es brauste ihm im Hirn.

»Herr Direktor,« flehte er fahl vor Entsetzen, »ich werde – nichts wird mehr vorkommen. Nur entlassen Sie mich nicht.«

Buchner machte eine ungeduldige Geste. Heise verlor den Kopf, er mußte etwas sagen. Er mußte sich vor diesem Menschen entschuldigen. Er mußte im Theater bleiben. Um jeden Preis!

»Herr Direktor,« bettelte er, »ich war so erregt – es ging mich gewiß nichts an – aber wenn Sie gesehen hätten, wie brutal er sich gegen Frau Nansen benommen hat, und da – –«

»Da mußten Sie sich als Ritter einmischen, ausgerechnet Sie! Genug!«

»Herr Direktor,« ächzte Heise, »ich werde – –«

Doch Buchner war schon um eine Biegung der Kulisse verschwunden. Mit einer hilflosen Bewegung der Ohnmacht strich Heise mit der flachen Hand über das Gesicht zum Hals nieder. Unmöglich, unausdenkbar! Wieder auf der Straße, jetzt, wo er hinaufmußte, um jeden Preis mußte, um Jo ebenbürtig zu werden, um sie lieben zu dürfen, um ohne Selbstverachtung sich von ihr lieben zu lassen.

Er stand, sah mit irren Augen um sich und hörte nicht, wie alle in zorniger Zugehörigkeit und empörtem Mitgefühl auf ihn einredeten. Aller Spott und Hohn über »die komische Figur«, die nach Baras Rolle gegriffen hatte, war vergessen. Der Haß gegen Bara, gegen diesen größenwahnsinnigen Menschen, der jeden einzelnen von ihnen durch seine Anmaßung und Überheblichkeit gekränkt und beleidigt hatte, der in den Kollegen und Gehilfen der Bühne nichts als verachtete Kulis sah, schmiedete das Theaterpersonal zu einer Schicksalsgemeinschaft mit dem Gemaßregelten zusammen. Im Nu wußten alle, alle bis zum letzten Arbeiter, daß Heise diesen Burschen, der sie in seinem arroganten Dünkel als letzten Dreck behandelte, wenn er sie überhaupt sah, verprügelt hatte und darum geflogen war.

Plötzlich war der »Clown« der Held und Liebling des Theaters. Man rottete sich um ihn, man huldigte ihm in Dankbarkeit und Trost. Er hatte die erlösende Tat vollführt. Er hatte den Mut gehabt, das zu vollbringen, wozu ihnen allen oftmals die Hand gejuckt und gezuckt hatte. Man jubelte ihm zu.

Er hörte nichts. Er konnte es nicht fassen, daß er jetzt, gerade jetzt, wo er für seine Liebe zu den höchsten Höhen des Erfolges steigen mußte, schimpflich entlassen und jeder Chance beraubt war. Mitten in der Saison flog er auf die Straße. Wer würde ihn jetzt engagieren, selbst wenn sich eine Vakanz bot, ihn, der als Unruhestifter aufs Pflaster geworfen war?

Unbekümmert um das Schicksal des kleinen Choristen ging die Opernrevue siegreich zu Ende. Sie schloß mit einem Jubel, wie ihn Berlin in diesem armen Winter, aber auch in besseren Zeiten, selten erlebt hatte. Endlich sank der Vorhang zum letzten Mal. Die Darsteller eilten müde und ausgeschöpft in ihre Garderoben.

Zerschlagen und entnervt schleppte sich Fatma Nansen von der Bühne. Sie wußte, was ihr jetzt noch blieb. Heute Abend hatte sie ihre Pflicht getan, hatte ihre letzte Kraft hingegeben für den Erfolg. Mehr konnte keiner von ihr verlangen. Sie wollte Schluß machen. Ihr Leben war zu Asche verbrannt, ihre letzte Liebe zu Schmach und Schande erniedrigt, von brutaler Rohheit besudelt worden.

Sie kam in ihre Garderobe und fiel auf den Stuhl vor dem Schminktisch.

»Ja, ja,« nickte die Garderobiere, »solcher große Abend frißt die Kräfte.« Sie hantierte an der leblosen Frau, nahm ihr den hohen spanischen Kragen ab. Dabei erzählte sie die letzte Neuigkeit, die sensationelle Entlassung Peter Heises.

Die Worte schlugen auf Fatmas zermürbtes Gehirn ein wie Hämmer. Sie wollte die Alte bitten zu schweigen, war aber selbst zu dieser Bitte zu marode und zu fertig.

»Aber schön von ihm war es doch, gnädige Frau, daß er für Sie eingetreten ist.« Fatma rührte sich nicht. »Oder ist es garnicht wahr?« fragte die Garderobiere verblüfft, »ist er am Ende garnicht für gnädige Frau eingetreten?«

»Was sagen Sie?« Fatma verzog nervös das Gesicht. Sie empfand dumpf, daß die Frau eine Frage an sie gestellt hatte.

»Ist er am Ende garnicht für gnädige Frau eingetreten?« wiederholte die Frau.

»Wer denn?« fragte Fatma überreizt.

Da merkte die Garderobiere, daß die Sängerin nicht zugehört hatte und erzählte alles noch einmal. Alles. Baras Züchtigung durch Heise, seine Entlassung und daß er es getan hatte, weil Bara so gemein zu Frau Nansen gewesen war.

»Es ist ja auch eine Sünde und eine Schande, gnädige Frau, was der sich gegen Sie herausgenommen hat.«

Die Legende von Heises ritterlicher Tat stand schon in voller Blüte. Fatma hörte angestrengt zu. Es fiel ihr nicht leicht, ihr übermüdetes, zerschundenes Gehirn zusammen zu halten. Aber sie begriff, begriff immer mehr und mehr von dem, was die Garderobiere berichtete. Ihre Erschöpfung wich. Ihr Leben, dieses verwirkte fortgeworfene Leben, erwachte wieder. Was erzählte die Frau? Was war geschehen?! Ein Mann – – ja, ja – – – sie hatte ihn ja gesehen – sie erinnerte sich schemenhaft – dann immer deutlicher – ein großer blonder Mann, der – ja der, der neulich Baras Rolle hatte haben wollen. Der hatte Bara bestraft? Richtig, der war ja dazu gekommen, natürlich, als Bara sie gegen die Wand geschleudert hatte. Hatte gleich für sie Partei ergriffen. Sie erinnerte sich dunkel. Und der war nachher noch einmal für sie eingetreten?! War für sie eingetreten? Hatte sie an Bara gerächt?!

Aus der tiefsten Demütigung erhob sich in zitternder ungläubiger Freude eine alternde, verzweifelte Frau. Die zertretene, verlassene große Sängerin richtete sich auf an der Ritterlichkeit und Verehrung eines Unbekannten. Was anderes als Verehrung hatte diesen jungen Mann dazu führen können, für sie einzutreten unter Opferung seiner Stellung?!

In dieser Stunde ihrer tiefsten Erniedrigung war es für Fatma Nansen ganz gleichgültig, wer dieser Ritter ihrer Ehre war. Er war ein *Mann*. Das genügte ihrem gebrochenen Gemüt. Ein Mann, der für sie in die Schranken trat und seine Stellung für sie in die Schanze schlug. Ein Mann, – sie blickte verzagt in den Spiegel – der sie vielleicht heimlich liebte.

Sie klammerte sich an diesen Glauben, der ihr das Leben rettete. Dann war sie doch nicht von allen geächtet und verworfen. Dann war sie doch noch begehrenswert und begehrt. Dann gab es doch noch Männer, die ihre Existenz für sie hinschleuderten, ohne einen anderen Dank zu fordern als das Bewußtsein, sie zu beschützen und zu beschirmen. Sie suchte sich ihren Ritter zu vergegenwärtigen. Ja, ja, sie erinnerte sich, groß, sehnig, schlank. Das Gesicht konnte sie nicht deutlich sehen. Daß sie ihn nie zuvor bemerkt hatte! Seltsam. Freilich hatte ihre unselige Leidenschaft für Bara sie mit einer Blindheit geschlagen, die alles außer ihn in den Nebel und Unsichtbarkeit hüllte.

Sie wollte hinauseilen, wollte ihn sprechen, ihm danken. Da sah sie ihr Gesicht im Spiegel. Nein, nicht heute Abend. Sie sah elend und welk aus. Nein, erst sich erholen. Sie wollte seine Adresse erfragen und ihm schreiben.

Neu belebt beendete sie ihre Toilette. Nein, nicht sterben wegen dieses Rohlings. Noch gab es Männer, die sie begehrten. Noch war sie nicht von allen verschmäht und verachtet. Noch nicht.

Jetzt umstand das gesamte Personal Heise, soweit es nicht beim Ankleiden in den Garderoben war. Der Gedanke an eine Sammlung für den Armen sprang auf und zündete. Münzen klingelten, Scheine knitterten.

Langsam war der Chorist aus dem Trancezustand erwacht, mit dem ihn das Entsetzen über seine Entlassung umdämmert hatte. Seine Verzweiflung wich einem Wikingerzorn.

»Ich danke Euch für Eure treue Kameradschaft,« sagte er zwischen zusammengebissenen Zähnen. »Behaltet Euer Geld. Ihr seid auch nicht auf Rosen gebettet. Ich sorge schon für mich. Aber erst hab ich noch ein Wort mit diesem Herrn zu sprechen.« Er deutete mit dem knochigen Kinn in die Richtung, in der Baras Garderobe lag.

Vernünftige suchten zu beschwichtigen. »Laß den Feigling. Sich wegen so 'nem Lausekerl unglücklich machen!« Da scheuchte der Inspizient die Versammlung auseinander.

Heise ging auf Jos Garderobe zu. Er wollte mit ihr sprechen. Vor der Tür zögerte er. Nein, das war vorbei. Auch das hatte dieser Halunke ihm zertrümmert. Bisher hatte er auf eine große Gelegenheit hoffen dürfen. Doch, doch, trotz aller zweifelnden Worte. Er hatte doch inbrünstig und besessen immer mit dem großen Zufall gerechnet. Der mußte, mußte doch einmal kommen. In dieser Zuversicht durfte er es wagen, Jo zu lieben. Sich in ihrer Liebe zu sonnen. Aber jetzt! Jetzt war alles zu Ende. Er durfte sich in seiner Not nicht an sie hängen. Durfte ihre Güte und Menschlichkeit nicht ausbeuten. Fliehen mußte er sie, für immer meiden.

Er stand und überlegte. Dann rannte er fort, holte aus der Garderobe ein Stück Papier, schrieb darauf »Warte nicht auf mich, fahr nach Hause. Peter,« und schob es unter der Tür durch in ihre Garderobe. Dann eilte er davon, schminkte sich ab, zog sich um und ging zur Kasse, sich auszahlen zu lassen. Hundeelend und kreuzjämmerlich war ihm zu Mut. Der Abschied von Jo, der Abschied von der Bühne, an der er einmal beinahe, beinahe die große tragende Rolle erobert hatte, traf ihn ins Mark.

Er mußte lange warten. Die Kassiererin war eifrig mit den Rapporten der nächsten ausverkauften Vorstellung beschäftigt. Von der Nichtigkeit Heises nahm sie keine Notiz. Er hustete ein paar mal, ihre Aufmerksamkeit auf sich zu lenken, doch sie ließ sich nicht stören. Dann eilte sie zum Chef, ihm zu berichten. Es dauerte sehr lange. Endlich kehrte sie aus dem Direktionsbüro zurück und fand einen Augenblick Zeit für den entlassenen Rowdy. Mit strafender Miene, als habe Heise sie persönlich beleidigt, wischte sie ihm die Scheine hin.

Als er zur Chorgarderobe zurückkam, war alles schon fort.

Auch Jo war gegangen. Mit Staunen und Bestürzung hatte sie den Zettel gefunden. Sie wußte bereits, daß Peter entlassen war. Sie suchte ihn, fand ihn aber nirgends, wußte nicht, was sie tun sollte, fragte nach ihm. Keiner wußte, wo er war. Wohl schon fortgegangen, bedeutete einer. Sie hastete heim. Vielleicht war er schon dort. Wo sollte sie ihn suchen? Zuhause war der einzige Ort, an dem sie ihn erwarten und finden konnte.

Heise nahm Mantel und Hut, warf einen letzten Blick des Abschieds auf seinen Platz an dem langen gemeinsamen Schminktisch des Männerchors und drehte ordnungsgemäß als Letzter das Licht ab. Als er durch den öden Gang kam, in dem nur noch die rote Nachtbeleuchtung glomm, sah er zu seinem Erstaunen durch das Oberlichtfenster in Baras Garderobentür hellen Schein in den düsteren Korridor herausstrahlen. Bara war also noch in seiner Garderobe? Merkwürdig! Aber sicher war er da, sonst würde das Licht nicht brennen. Sonst hätte der Portier es längst gelöscht. Bara war also noch in seiner Garderobe?

Diese Entdeckung zerrte Heise mit gespenstischer Gewalt zu der Tür. Der Zorn, die Verzweiflung, der Haß auf diesen Vernichter seines Lebens siedeten wieder in ihm auf. Er stand und schwankte. Sollte der Schelm wirklich ungestraft sein Glück und seine Liebe und alle seine Aussichten zertrampeln dürfen? Sollte er ihm nicht wenigstens einen Denkzettel geben?

Er horchte in die Garderobe hinein. Kein Laut. Der Garderobier war also nicht bei Bara. Günstige Gelegenheit. Er legte die Hand auf die Klinke. Da hielt ihn letzte Besinnung zurück.

War er wahnsinnig geworden! Wenn er hineinging und dem Menschen seine Fäuste spüren ließ, war seine Zukunft hin. Glatt hin. Freilich, jetzt hatte er auch nichts mehr zu erwarten. Aber wenn er den berühmten Sänger nach dem Welterfolge heute Abend verbläute, dann nahm ihn kein Theater der Welt mehr. Quatsch! Er hatte auch so keine Zukunft mehr. Der Hund dort drinnen hatte sie ihm erdrosselt. Nein,

nein! Er riß sich von der verruchten Tür, schleppte sich bis zur Ecke des Ganges, blieb wieder stehen.

Bara stellte Jo nach. Das war klar. Hatte sich in ihre Garderobe eingeschlichen. Er durfte Jo nicht verlassen und sie diesem Wüstling preisgeben. Unmöglich. Er mußte etwas für ihre Sicherheit tun. Hineingehen und dem Frauenjäger bitterernst sagen: »Mann, wenn Sie Fräulein Ternitz noch einmal belästigen, laure ich Ihnen auf, so wahr mir Gott helfe, und blase Ihnen das Gehirn aus Ihrem geilen Kopf. Ich spaße nicht. Ich spreche so blutig ernst, wie nur ein Mensch sprechen kann. Sie spielen mit Ihrem Leben. Mir ist mein Leben schnuppe. Sie haben es vernichtet. Ich warne Sie! Wenn Ihnen das geringste daran liegt, zu atmen und die Sonne zu sehen und Ihren Ruhm zu genießen, lassen Sie das Mädchen in Frieden.«

Er wiederholte die Worte mehrmals, die er sagen wollte. Und wenn der Patron frech wurde, ihn wieder reizte und verhöhnte, dann – – ja, das lag dann auf den Knien der Götter.

Entschlossen trat er in Baras Garderobe.

9

Ein veränderter, taumelnder, halb irrer Mann stürmte eine halbe Stunde später in Jos Zimmer der Pension Quisisana. Verwüstet, entstellt, das dichte blonde Haar wirr in Stirn und Schläfen gewühlt, riß Peter Heise, ohne anzuklopfen, die Tür zu ihrem Wohnzimmer auf.

Jo hatte sich bei ihrer Heimkehr überzeugt, daß er noch nicht zuhause war. Sie saß und sann, wo sie ihn suchen, was sie tun sollte. Fürchtete – und wagte den Gedanken ihrer Furcht nicht zu Ende zu denken – daß er aus Verzweiflung über seine Entlassung – – Da brach er in ihr Zimmer herein.

Sie sprang auf, eilte in entlasteter, überraschter Freude Heise entgegen. Da erst sah sie sein Gesicht, sah die Zerstörung in seinen Zügen, sah das Grauen in seinen Augen flackern.

»Peter!« schrie sie auf.

Er schloß die Tür und torkelte haltlos wie betrunken ins Zimmer hinein.

»Etwas Entsetzliches,« lallte er, »etwas Entsetzliches ist geschehn!«

Die Stimme zerschellte. Sie starrte auf den zerstörten Mann. Worte fand sie nicht. Eine grausige Ahnung schnürte ihr die Kehle ab.

»Bara ist – tot.« flüsterte er.

Ein tierischer Laut gurgelte aus ihrem Munde.

Heise stand vor ihr, legte beide Hände auf ihre Schultern. Sie fühlte den lastenden Druck seines Körpers, der sich auf ihre Achseln stützte.

»Bara?!« Nur ihre entfärbten Lippen formten den Namen.

Er nickte. »Tot!« Sein Gesicht senkte sich dicht zu ihrer Stirn nieder. Sie fühlte seinen rasselnden Atem. Noch immer versperrte der panische Schreck ihr die Lippen.

Da zog er die Arme zurück und begann mit seinen langen Beinen im Zimmer umherzulaufen. Dabei stürzte er sprudelnde Worte hervor. Er schien ihr völlig verändert. Aus dem wortkargen Friesen war ein schwatzhafter, fiebernder, phantastischer Schwadroneur geworden. Mit angstvollem Staunen verfolgte sie den im Zimmer umherirrenden Mann. Er schleuderte Sätze hervor, die sie nicht verstand. Alles erschien ihr furchtbar und irr.

»Nicht daran denken,« keuchte er. »Er ist tot. Ändern können wir daran nichts. Es ist ein Fingerzeig des Geschicks. Es mag furchtbar und unmenschlich sein, auf das Unglück eines andern sein Glück zu bauen –«

Er kam wieder zu ihr. »Jo, ich fühle es, ich bin nicht fromm und gläubig, aber das ist die Stimme eines höheren Wesens, die mich ruft. Gerade heut, gerade in diesem Augenblick, in dem alles verloren schien, gibt es mir die größte Chance meines Lebens in die Hand.«

Sie sah noch immer, von Grauen durchrüttelt, auf den Mann, dessen Ruhe und Gleichmaß von ihm abgefallen waren, der vor kopfloser Erregung und Durchwühltheit zitterte. Plötzlich reckte er sich zu seiner stattlichen Höhe empor, stand straff und gerafft. Es war, als schleudere er die haltlose Trunkenheit von sich. Er sprach jetzt überlegt mit seiner natürlichen Stimme:

»Ich werde diese Gelegenheit mit diesen beiden Fäusten packen, und wenn das Blut von hundert Menschen dran klebte.«

»Ich verstehe nichts,« raunte sie und griff mit beiden Händen an den taumeligen Kopf.

»Du verstehst nicht!« rief er, wieder aufknisternd. »Du siehst nicht die himmelstürmende Gelegenheit? Bara ist tot. Wer soll morgen Abend seine Rolle singen? *Ich* werde sie singen und spielen. Ich und kein Mensch sonst auf dieser Erde.«

»Peter!« stöhnte sie in immer grauenvollerem Begreifen.

»Nicht schwachherzig sein in diesem gigantischen Moment unseres Daseins!« trotzte er. »Das Leben geht weiter, auch ohne Bara. Sein Ende ist nicht das Ende der Welt. Die Opernrevue muß weitergehen. Einer muß die Rolle übernehmen. Dieser eine werde ich sein.« Seine Stimme wurde zu einem flehenden Bestürmen. »Du mußt mir helfen, Jo. Wo hast du die Partitur? Du mußt mir helfen. Du bist bis in die

Fingerspitzen voller Musik. Bis morgen früh muß ich sattelfest in der Rolle sitzen.«

»Woher weißt du, daß er – – – tot ist?«

Sie fühlte, wie sich die Haare aufstellten auf ihrer gefrorenen Schädeldecke.

»Frag nicht,« wich er aus, »wir wollen uns die Stimmung, die wir brauchen, nicht gewaltsam zerstören. Wir haben alle unsere Kräfte nötig. Jede Sekunde bis morgen früh müssen wir ausnützen. Nie kommt die Gelegenheit wieder.«

Er ging zum Flügel, suchte die Partitur, rammte sie auf das Notenpult.

»Peter, mir graut vor dir,« flüsterte sie erstickt hinter ihm.

Er wandte sich heftig um, sah sie lange an, dann sagte er traurig: »Jo, weißt du nicht, daß alles nur für dich geschieht? Glaubst du, mir ist leicht ums Herz? Ich darf jetzt nicht schwach und weinerlich werden. lch will jetzt nicht menschlich und gefühlvoll sein. All die Jahre der Not stehen in mir auf und warnen mich und rufen und zeigen mir den Weg. Nie wieder kommt diese Chance. Glaubst du, ich empfinde meine Gemütsroheit nicht selbst? Aber stärker, tausendmal stärker in mir ist die Gewißheit, daß mein Leben am Scheideweg steht. Entweder ich bin ein Kerl und gehe den Weg zum Erfolg, rücksichtslos und ohne Gefühlsduselei – oder ich bin eben zum ewigen Choristen geboren. Los! Los!« brach er aus, »raff dich auf. Wir haben nur bis morgen früh Zeit.«

Von einer Kraft manischer Selbstübersteigerung gehetzt, setzte er sich ans Klavier, schlug den Deckel klirrend auf.

Da war sie bei ihm.

»Woher weißt du, daß er tot ist?« wiederholte sie.

Sein Körper wurde starres Widerstreben.

»Ich weiß es,« grollte er. »Laß dir das genügen. Wenn wir davon sprechen, verlieren wir uns. Kein Wort mehr davon.«

Er schlug wuchtig die ersten Akkorde an.

»Nicht daran denken, nur an uns denken. Denk an unser Glück, um das es jetzt allein geht.« Er präludierte weiter. »Nie würde ich dich heiraten, wenn ich dir nicht ebenbürtig bin. Ein engagementsloser Bettler kann die Augen nicht zu dir erheben. Es geht um unsere Liebe.«

Dann begann er das Auftrittslied Baras. Seine Stimme klang brüchig, belegt, heiser. Er brach ab, räusperte sich zornig, klärte das Entsetzen und die Rauhheit der Erregung aus der Kehle. Er begann von neuem. Besser. Sang das Auftrittslied des toten Bara.

Jo war lautlos und vernichtet zu dem Sessel zurückgegangen, auf dem sie gesessen hatte, als Heise hereingewettert war. Seine Worte drangen nicht in ihr Begreifen. Sie wußte nur, daß Bara, der heute Abend das Theater fanatisiert hatte, tot war. Plötzlich, unbegreiflich tot. Sie grollte ihm nicht mehr. Für ihr Gefühl versöhnte der Tod eines Menschen mit all seinem Tun. Das jähe Ende dieses Kollegen, den sie noch vor Viertelstunden auf der Höhe seiner Kraft gesehen hatte, umschattete ihr Denkvermögen. Und dieser Mann da, ihr Peter, den sie liebte, der ihr bis vor wenigen Minuten das Symbol von Anstand und Takt und Redlichkeit gewesen war, konnte in diesem furchtbaren, spukhaften Augenblick robust und unerschüttert die Rolle des Toten an sich reißen? Eine Angst vor diesem Mann, der ihr plötzlich ganz fremd geworden war, packte sie. Sie saß in einer schwingenden Benommenheit, hörte Heises Stimme nur aus weiter vernebelter Ferne, war betäubt von einer Narkose des Grauens und Nichtverstehens. Der Gedanke, daß Heise den großen Tenor getötet haben könnte, kam ihr nicht.

»Wie war es?« fragte er.

Sie schwieg, schwindlig vor Angst und Schmerz.

Da sprang er auf. »Elend war es, miserabel,« wütete er, »kannst es ruhig sagen. Du mußt mir die Wahrheit sagen. Glaubst du, ich merk es nicht selbst? Jo, du mußt dich zusammenraffen. Begreifst du denn nicht, worum es geht? Morgen sprechen wir über alles, jetzt ist alles andere unwichtig. Nur schuften, arbeiten, proben, bis alles sitzt, und morgen Abend, wenn ich gesungen und Erfolg gehabt habe – es wird ein Erfolg – hier drinnen fühl ich es – wenn ich oben stehe – – Herrgott, ich vertrödele die kostbare Zeit, die nie wiederkommt. Hör doch zu. Kritisier streng und unnachsichtig. Paß auf, ich fang noch mal von vorn an.«

Er begann wieder das Auftrittslied.

Seine Stimme gewann an Kraft und beherrschter Gewalt. Die große Aufgabe zog ihn immer mehr in ihren Bann. Jo rang nach Haltung. Suchte ihr musikalisches Empfinden und ihre Urteilsfähigkeit aus dem Gleiten und Steigen und Fallen in ihrem Gehirn zu befreien, herauszuwinden. Wußte immer klarer, was er wollte, worum es ging. Er war ihr unheimlich, ganz unheimlich geworden. Ihre Liebe zu ihm flatterte verzagt. Aber sie zwang sich zu aufmerksamem Lauschen, zu bewußter Kritik. Als er das Auftrittslied beendete, hatte sie sich so weit gefaßt, Einwendung zu erheben.

»Danke,« lobte er enthusiastisch. »Hast vollkommen recht. Ach, ist das gut, daß du mir hilfst. Daß du in dieser Entscheidungsstunde meines Lebens bei mir bist. Du, jetzt kämpfen wir um unser Leben und unsere Liebe. Diese Nacht ist die Nacht aller Nächte. Die schenkende, einzige – ach, ich quatsche und quatsche vor lauter Aufregung, und die Zeit flieht. Weiter! Weiter! Jetzt das große Duett mit dir im ersten Akt.«

Seine eiskalte Energie, seine glühendheiße Inbrunst riß sie gegen ihren Willen fort, hypnotisierte sie. Sie vermochte trotz der Erschöpfung nach der Premiere anzudeuten, zu markieren, ja zu singen, um ihm den Auftrieb zu geben.

Er sang, probierte, wiederholte wieder und wieder, ohne Schonung für sie, für sich, dachte nicht an ihren Schlaf, an seinen Schlaf, sah nur die große, nie wiederkehrende Gelegenheit, die er ausbeuten mußte. Schob alles andere weit von sich, verbannte es aus Kopf und Gemüt, rief:

»War's so besser? Nein? Also nochmal.« Und wieder fragte er: »Hat er das besser gesungen?«

Sie wußte, Baras Stimme war edler, geschulter, kultivierter gewesen. Heises Tenor war jugendlicher, brisenhafter, natürlicher. Doch sie wehrte, von Geisterfurcht umstrickt, angstvoll ab:

»Wir wollen nicht vergleichen! Es war gut diesmal.«

»Weiter! Weiter!«

Die Nacht schritt voran. Da pochte es empört an die Tür. Die Biederfrau zitterte:

»Aber meine Herrschaften, wo denken Sie hin! Es ist halb zwei. Meine Gäste wollen doch schlafen.«

Heise flehte: »Liebe, einzige, beste Frau Biedermann, drücken Sie einmal beide Ohren zu. Bitten Sie Ihre Gäste, dem Glück zweier Menschen einmal eine Nacht zu opfern. Es geht um mein Leben. Ich soll morgen eine große Rolle übernehmen.«

Die Biederfrau sah betroffen zu dem fiebernden Mann auf. Sie war klein und rund.

»Es geht nicht,« murmelte sie schwankend.

Sein ungestümer Erfolgswille drang auch auf sie ein.

»Ich muß probieren,« hastete er weiter. »Mein Glück und das Glück von Fräulein Ternitz hängt davon ab. Ich werde es Ihnen lohnen, Frau Biedermann. Morgen Abend stehe ich oben. Dann können Sie von mir verlangen, was sie wollen.«

»Ich will's versuchen,« zögerte Frau Biedermann, von seiner Rabiatheit bezwungen.

Bis zum Morgen schallte die Stimme Peter Heises durch die dünnen Zwischenwände der Pension Quisisana. Dann wußte Jo nicht mehr, ob sie wache oder schlafe. Kinn und Wangen ruhten in den Mulden ihrer Hände. Ihre auf den Ellbogen aufgestützten Arme wiegten rhythmisch von rechts und links, von links nach rechts. Es war Wachen und Schlafen und halbe Ohnmacht der Übermüdung.

Da brach Heise ab.

»Jetzt muß ich zu Bett,« bestimmte er mit besonnener Klarheit, »die Stimme muß ausruhen, die Nerven auch.« Er blickte auf Jo. Unter der Tischlampe pendelte ihr Kopf mit schimernden weißen Lichtreflexen im Haar hin und her.

Da überkam ihm die Erkenntnis seines argen Egoismus. »Du mußt nun endlich auch ins Bett,« rief er schuldbewußt. »Tapfer hast du ausgehalten. Was soll ich dir mit Worten danken! Heute Abend nach der Vorstellung – – glaubst du nicht auch, daß es ein Erfolg wird?«

Er beugte sein kühnes, scharfes Gesicht dicht zu ihr herab.

»Ja,« seufzte sie, zu Tode erschöpft, und schloß die Lider. Er nahm ihre Hand, streichelte und liebkoste sie. Sie ließ, jenseits von Bewußtsein und Empfinden, alles geschehen. Ihr Gesicht war verfallen und verloschen. Das Lächeln ihrer lebensfrohen Liebenswürdigkeit war erstorben.

Da gab er ihre Hand frei, küßte sie auf den Mund, rief: »Gute Nacht, mein geliebtes Mädchen« und ging.

Schwankte durch den Korridor, trunken von Müdigkeit, von Hoffnung, von Verblendung, Überschwang und Zuversicht.

Jo fiel angekleidet auf das Bett und versank in traumlos schwarze Tiefen.

Heise aber fand trotz allen zähen Willens keinen Schlaf. Die Szenen des Columbus tanzten gespenstische Reigen in seinem Schädel. Die Texte galoppierten mitten in den Hexensabbath hinein. Die Überreizung zitterte durch seine Nerven. Bis der Morgen graute, wälzte er sich im Bett umher. Da ertrug er es nicht länger. Er duschte eiskalt, wollte frühstücken, vergaß es aber wieder und rannte mit weitausholenden Schritten und wehenden Haaren zum Theater. Auf der Straße sah er, daß es kurz nach sieben war. Ganz gleich. Er ertrug die Spannung nicht länger. Er wollte im Theater sein. Er wollte dort sein, wenn der Direktor kam. Wollte als Erster dort sein.

Vor dem Tor des Opernhauses drängte sich, trotz der frühen Stunde, eine aufgeregt flüsternde Menge. Heise sah sie nur optisch, nur mit dem Auge, nicht mit dem Hirn. Manisch raste er auf das eine Ziel los, das er vor sich sah: die Rolle Baras. Eine Schupowache am Tor hielt ihn an, fragte »Wohin?«

»Ich muß den Direktor sprechen,« rief er ärgerlich über das Hemmnis auf seinem Weg zum Ruhm.

Der Polizist ließ ihn passieren.

Heise spürte nicht den Hauch des Entsetzens in den Räumen des Theaters, hörte nicht das Raunen des Grauens unter den Angestellten. Wunderte sich nicht, daß zu dieser Morgenstunde so viel Personal des Theaters anwesend war. Er schritt geradeswegs und unaufhaltsam auf das Büro des Direktors zu. Er sah nicht, daß der Sekretär bei seinem Anblick zurückprallte, als habe ihn ein Stoß vor die Brust getroffen. Er kannte seinen Weg. Er schritt ihn unter Schicksalszwang.

Die Tür zum Allerheiligsten stand weit offen. Stimmengewirr surrte heraus. Buchner war dort, das sah Heise, und viele andere seriöse Herren. Mochte alle Welt dort drinnen sein! Er mußte den Direktor sprechen, jetzt, sofort.

Er trat durch die offene Tür. Nicht leise und zaghaft. Gewichtig trat er ein unter der Weihe seiner Mission.

Alles wandte sich ihm zu. Er sah nicht das verblüffte Staunen und Starren. Er trat auf Buchner zu, der ängstlich zurückwich. Doch auch diese Flucht bemerkte Heise nicht. Er trompetete mit heller, triumphbeschwingter Stimme:

»Herr Direktor, Sie brauchen die Vorstellung heute nicht abzusagen. Ich singe die Rolle!«

Eine Sekunde lang war nur sein stürmender Atem in dem Zimmer hörbar. Dann trat einer der Herren auf ihn zu und sagte feierlich:

»Herr Peter Heise, ich habe die Pflicht, Sie wegen dringenden Mordverdachts zu verhaften!«

Heise sah den Kormissar flüchtig an, schüttelte die Hand, die er auf seinen Arm gelegt hatte, mit einer nebensächlichen, gleichmütigen Bewegung ab und sagte verächtlich: »Sie sind verrückt.«

Damit war das törichte Intermezzo für ihn erledigt. Ungestüm trat er wieder einen Schritt auf Buchner zu. Der wandte ihm ostentativ den Rücken. Da schrie der blinde Tor in Not und Verzweiflung:

»Herr Direktor, Sie werden mir den dummen Streit von gestern Abend doch nicht nachtragen! Das ist nun doch alles vergessen und begraben. Verstehen Sie denn nicht? Sie können heute Abend spielen!! Sie brauchen die Oper nicht abzusetzen nach diesem fulminanten Erfolg. Ich hab die ganze Nacht geprobt. Ich kann die Rolle von A bis Z. Jedes Wort, jeden Ton. Auf Ehrenwort! Setzen Sie sofort eine Probe an.«

Es war ein Gemisch von Betteln, von Flehen, von Stolz und Überhebung, ein Verzweiflungskampf um den Weg zur Höhe.

Alle standen mit stummen, verschlossenen, abweisenden Mienen. Wie eherne Tore waren diese Gesichter.

»Kommen Sie!« mahnte, auf eine heftige Geste Buchners, ruhig der Kommissar und faßte wieder Heises Arm. Wieder riß er sich los.

»Was wollen Sie von mir?!« schrie er den Beamten an. »Sind Sie wahnsinnig? Glauben Sie wirklich, ich hab ihn ermordet?«

Alles schwieg verstockt. Wie eine Mauer, ohne Gefühl und Verstehen, standen die Männer. Heise blickte von einem zum andern. An dieser unbelebten Starre zerschellte seine unbefangene, naive Empörung. Er wurde verwirrt vor dieser stählernen Unbewegtheit, seine Augen weiteten sich in Bestürzung und Unglauben.

»Ja – was denn? Was denn? Was bedeutet das alles?« stammelte er.

»Das werden Sie auf dem Polizeipräsidium, erfahren.« Wieder faßte ihn der Kommissar. Diesmal fester. Vergeblich rang Heise gegen diesen Polizeigriff.

»Lassen Sie mich los!« stöhnte er. »Ich hab es nicht getan. Lassen Sie mich los.«

»Kommen Sie,« warnte der Kommissar. »Widerstand nützt Ihnen nichts.«

»Aber – ich – ich – – Herr Direktor, lassen Sie das nicht zu! Es ist doch heller Wahnsinn. Ich kann heut Abend die Rolle singen. Lassen Sie mich probieren. Retten Sie Ihre Oper. Lassen Sie mich nicht verhaften! Geben Sie diesen Wahnwitz in Ihrem Theater nicht zu! Wer soll Ihnen denn die Rolle singen? Wer kann sie denn? Ich kann sie. Lassen Sie mich los!«

Er wehrte sich mit seinen jungen harten Schifferkräften. Ein anderer der Herren sprang dem Kommissar zur Hilfe. Ein wildes Ringen folgte. Dazwischen schrie und ächzte Heise:

»Hilfe! Ich bin unschuldig. Sie rauben mir die einzige große Chance meines Lebens! Das ist schlimmer als Mord! Herr Direktor, – stehen Sie nicht so steif und unbeteiligt da. Es geht doch um Ihren Erfolg! Schreiten Sie ein. Sie müssen doch schließen, wenn die mich verhaften. Hilfe!!«

Buchner stand mit abgewandtem Gesicht am Schreibtisch und spielte auf der Platte Klavier mit den Fingern der rechten Hand. Man hatte ihm erst heute früh Mitteilung gemacht. Gestern Abend hatte man ihn nicht aufgespürt. Er hatte die Nacht bei einer Geliebten verbracht. Gleich nachdem er ins Theater geeilt war, hatte er auf den Streit zwischen Bara und Heise hingewiesen. Während der Chorist zum Theater rannte, suchten Beamte des Morddezernats ihn in seiner früheren Wohnung in der Boyenstraße.

Jetzt hatten sie Heise fast an der Tür. Er barmte und drohte noch immer in grellen Tönen.

»Ich mache Sie verantwortlich. Sie zerstören mir wissentlich meine Karriere. Das werden Sie büßen. Der Staat haftet mir dafür! Hilfe! So hören Sie doch. Ich – –«

Seine Stimme vergellte im Vorzimmer. Er kämpfte wie ein Rasender auf den Gängen, auf der Straße. Drei Kriminalbeamte konnten ihn mit Mühe bändigen. Er kämpfte bis zu dem Auto, das vor dem Theater harrte. Durch die Menge, die noch dunkler angsschwollen war, zitterte Wollust der Sensation. »Der Mörder! Wie er sich wehrt! Ein ganz gefährlicher Bursche! Hu!«

Ein Gruseln schauerte über die Maße.

»Hilfe, Leute!« brüllte der Verhaftete den Gaffern zu. »lch bin unschuldig! Laßt dieses Verbrechen nicht zu! Leute, helft! Helft! Ich soll heut Abend die Rolle singen. Hilfe – Hil – –«

Die Tür der Limousine zerschlug den Rest. Erstickt keuchte die Stimme noch aus dem Wagen.

Die Menge stand vor Grauen geschüttelt. Genau, wie man sich einen echten Mörder vorstellte! So wild, so ungebärdig, so berserkerhaft wütend gegen Gesittung und Gesetz.

Da zersplitterte das Fenster des Autos. Heises Gesicht ward sichtbar: »Hilfe, Leute, – Hilfe – es geht um mein Leben –«

»Allerdings,« nickte ein Spottvogel.

Da hatten sie ihn zurückgerissen. Endlich sprang der Motor an. Der Wagen rieselte auf dem morgendlich feuchten Asphalt davon.

10

Am ersten und zweiten Tage war der Untersuchungsgefangene Peter Heise nicht vernehmungsfähig. Er wütete wie ein Tollhäusler, zertrampelte das blecherne Waschgeschirr, schäumte, schrie, bettelte, winselte, flehte und griff mit nackten Fäusten den schwer bewaffneten Wärter an. Man ließ ihn austoben. Zwei Tage und zwei Nächte hielten seine Kräfte und Nerven durch. Dann brach er zusammen. Lag auf der Pritsche mit violetten zuckenden Lidern und zuckenden Gliedern. Da schleppte man ihn zum Verhör.

Man setzte ihn auf einen Stuhl. Die Beine knickten unter ihm fort. Aus einem grauen erloschenen Gesicht blickten stumpfe blutgefüllte Augen auf den Beamten. Drei Polizisten bewachten diesen renitenten gefährlichen Mann.

»Wollen Sie nicht lieber ein umfassendes Geständnis ablegen?« ermahnte der Kommissar. »Es kann nur zu Ihrem Besten sein.«

»Ich bin unschuldig,« flüsterte Peter Heises erstorbene Kraft.

»Unschuldig?« Die Stimme des Vernehmenden wurde schärfer. »Bleiben Sie bei diesem zwecklosen Leugnen, auch wenn ich Ihnen verrate, daß ein rundes Dutzend Zeugen hier bekundet hat, daß Sie kurz vor dem Mord gedroht haben, Sie hätten noch ein Wort mit dem Getöteten zu sprechen?«

»Das habe ich nur so hingesprochen.«

»Aha! Und was sagen Sie dazu, daß Sie, wie wir festgestellt haben, allein mit Bara in den Garderoben waren?«

Heise zuckte matt die Schultern.

»An dem Abend hatte Bara nämlich, wie Sie wahrscheinlich sehr genau wußten, seinen Garderobier fortgeschickt. Nur er und Sie waren noch im Bühnenhaus.«

Er machte eine Pause. Heise rührte sich nicht.

»Wollen Sie am Ende behaupten, Sie hätten nicht gewußt, daß Bara ermordet war, als Sie das Theater verließen?«

Wenn er jetzt leugnete, dachte der Kommissar, ist er überführt. Freilich ist er auch so schon überführt.

Doch Heise schüttelte kaum merklich den zerzausten Schädel.

»Natürlich wußte ich, daß Bara ermordet war. Ich war doch in seiner Garderobe.«

Trotz seiner Enttäuschung schlug der Beamte rasch nach.

»Was wollten Sie in seiner Garderobe?«

»Ich wollte –« da stockte Heise. Bei aller Schwäche und Zermürbtheit seines Gehirns war in ihm der Wille wach, nicht zu verraten, daß Jo ihn liebte, daß er sie vor Bara hatte beschützen wollen. Ach, Jo! Was sie wohl von ihm dachte? Ob auch sie es glaubte? Nein,

nein, sie nicht. Keiner, außer diesen wahnsinnigen Polizeibonzen.

»Nun,« fragte der Kommissar, »was stocken Sie? Haben Sie Ihre Ausrede noch nicht parat?«

Heise überlegte. Jeder Laie konnte ihm ansehen, daß er eine Ausflucht suchte. Der Beamte blickte den Protokollführer bedeutsam an. »Vermerken Sie das,« flüsterte er ihm zu. Der Sekretär nickte gewichtig und hielt das Stocken und verlegene Grübeln des Beschuldigten für alle Zeiten im Protokoll fest.

»Ich wollte – ich weiß wirklich nicht mehr, was ich von Bara wollte.«

Der Beamte lächelte ironisch:

»So, so, das wissen Sie nicht mehr? Sehr merkwürdig. Sie gingen in die Garderobe des Mannes, den Sie kurz vorher verprügelt hatten, und wissen nicht mehr, warum. Weshalb hatten Sie ihn denn verprügelt?«

Die Frage schoß blitzschnell hervor. Heise schüttelte verzweifelt den Kopf. Er wußte es nicht mehr. Sein Kopf war hohl und leer. Diese zwei Tage und Nächte im Polizeipräsidium hatten aus seiner Erinnerung ein wüstes Chaos gemacht.

»Auch das wissen Sie nicht mehr? Komisch.« Der Kommissar zog die Lippen ein.

»Da werd ich Ihrem Gedächtnis mal ein bißchen nachhelfen. Herrn Buchner, dem Direktor, haben Sie bei Ihrer Entlassung gesagt, Sie hätten Bara angefallen, weil er Frau Nansen brutal behandelt hätte. Stimmt das oder nicht?«

Jetzt erinnerte der Chorist sich dunkel. Furchtbar, diese Schlaffheit und Entspanntheit im Hirn. Seine Gedanken schnurrten wieder ab, fort aus seiner Beherrschung.

»Ich warte auf Ihre Antwort.« Die Stimme des Beamten schlug hinein in den schaumigen Brei in seinem Kopf. Heise raffte sich mühselig auf.

»Das war nicht wahr,« gestand er matt. »Deshalb hab ich ihn nicht angegriffen. Das hab ich nur so in meiner Angst vor der Entlassung gesagt.«

»So, so? Also nicht für Frau Nansen? Weshalb dann?«

»Ich weiß nicht.« Unter keinen Umständen wollte er verraten, daß er aus Liebe zu Jo gehandelt hatte. Wenn sie es nur nicht verriet! Um Himmelswillen, wenn sie nur nicht in diese Sache hineingezogen wurde! Wenn es ihre Karriere vernichtete, daß sie einen Mann liebte, der des Mordes verdächtig war! Um alles in der Welt, sie nicht in diese Sache mit hineinziehen! Nicht der kleinste Spritzer seines Elends durfte sie besudeln. Darum wiederholte er nochmals:

»Ich weiß nicht.«

»Aber ich weiß es.« Die Stimme des Kommissars war ganz spitz und überlegen. »Streit haben Sie gesucht, mein Lieber, Streit! Und dann sind Sie in die Garderobe Baras gegangen und haben ihn erschlagen. So war's doch?«

Er sagte es wohlwollend harmlos.

Heise schüttelte den Kopf.

»Ich habe Bara nicht erschlagen,« beharrte er stumpf.

Da stand der Kommissar auf.

»Mensch,« sprach er eindringlich, »wollen Sie nicht endlich die Wahrheit sagen? Die faule Ausrede mit Ihrem Gedächtnisschwund glaubt Ihnen doch kein Mensch. Wollen Sie nicht doch lieber ein Geständnis ablegen?«

Er sprach gütig und väterlich.

»Ich bin es nicht gewesen,« wiederholte Heise.

»Dann sagen Sie mir,« fuhr der Kommissar wieder unpersönlicher fort, »was taten Sie, als Sie in Baras Garderobe traten?« Verführerisch half er: »Bara saß am Schminktisch, nicht wahr, und schminkte sich ab? Als Sie eintraten, blickte er auf. Da – na – los doch! Was taten Sie da?«

Doch der Gefangene ließ sich nicht verleiten. Er schüttelte wieder in hilfloser Ohnmacht den Kopf und flüsterte:

»Er lag am Boden – hinter dem Schminktisch. Die Schädeldecke war eingeschlagen. Das sah ich auf den ersten Blick. Am Boden lag eine Bronzefigur – blutig –«

»Was stellte diese Figur dar?« fragte der Beamte lauernd.

Heise zuckte müde und teilnahmslos die Achseln.

»Sahen Sie nicht, daß es die Porträtbüste der Sängerin Fatma Nansen war?« versuchte der Beamte. Er erwog: hat der Mensch die Figur erkannt, dann lügt er. In solchen Momenten des Entsetzens erkennt man nichts Nebensächliches.

Doch der Vogel ging nicht auf den Leim, er sah ihn nur dumpf an. Ein durchtriebener, gerissener Halunke, der Erschöpfung und Müdigkeit heuchelte.

»Was taten Sie dann?«

»Dann rannte ich hinaus – – – nach Hause.«

»Und hatten nach diesem grauenvollen Anblick die Nerven, die ganze Nacht hindurch die Rolle des Ermordeten zu proben?« Der Kommissar stand wieder. »Heise, eine solche zynische Brutalität kann nur ein gänzlich verrohter Mensch besitzen. Nur eine grausame, perverse Natur, der auch jeder Mord zuzutrauen ist. Ein anderer bringt sowas nicht über sein Gemüt. Er ruft um Hilfe, holt einen Arzt –«

»Er war doch tot – das erkannte ich gleich,« verteidigte sich Heise.

Da holte der Kommissar tief Atem. »Jetzt werde ich Ihnen die Wahrheit auf den Kopf zusagen.«

Heise blickte starr vor sich hin.

»Es nützt Ihnen nichts, mein Lieber, hier den Gleichgültigen zu spielen, den die ganze Sache nichts angeht. Sie geht Sie verdammt viel an!« ergrimmte der Beamte. »Die Sache ist die: Sie neideten Bara seine Stellung. Schon vorher haben Sie einmal versucht, für ihn einzuspringen. Es gelang Ihnen damals daneben. Da haben Sie Streit mit Bara gesucht und ihn dann kaltblütig ermordet, um seine Rolle zu erben. Ist es so oder nicht?«

»Nein.«

Ohne den Widerspruch zu beachten, fuhr der Kommissar fort:

»Einen kaltblütigen, überlegten Mord aus krankhaftem Ehrgeiz haben Sie begangen. Den dilettantischen kindischen Mord eines von Ruhmsucht Verblendeten. Wie konnten Sie hoffen, damit davonzukommen? Alles wies doch vom ersten Augenblick auf Sie als den Täter hin.«

Er schüttelte vorwurfsvoll den kahlen Kopf.

»Ich war es nicht,« flüsterte Heise.

»Ich fürchte sehr, das Gericht wird Ihnen das ebenso wenig glauben wie ich. Dja, also Sie wollen nicht gestehen?«

»Nein.«

»Halt, noch eine Frage, die ich schon vorhin gestreift habe. Warum haben Sie den Mord nicht sofort dem Portier oder der Polizei gemeldet? Das scheint mir doch das Nächstliegendste, wenn man unschuldig und unbeteiligt ein solches furchtbare Verbrechen entdeckt?«

Heise saß da mit gesenktem Haupt. Ohne die Stirn zu heben, sagte er gequält:

»Ich hatte doch keine Zeit. Ich mußte doch proben. Ich habe auch garnicht daran gedacht.«

»Sie muten unserer Glaubensfreudigkeit etwas viel zu,« bedauerte der Kommissar. Er blickte sich nachdenklich um und befahl dann einem der Polizisten:

»Führen Sie den Beschuldigten ab.«

Und als Heise das Zimmer verlassen hatte, seufzte er dem Protokollführer zu:

»Wenn der dem Todesurteil entgeht, heiße ich Fe-
lix.«

Er hieß Karl Martin Schneeberger.

11

Berlin geriet in Aufruhr über den Ermordeten und den Mörder. Der erste Tenor seiner Zeit war nach seinem glänzendsten Erfolge im Theater, in seiner Garderobe erschlagen worden. Schon das war Sensation genug. Aber er war von einem kleinen Choristen aus wahnwitzigem Ehrgeiz ermordet worden. Ermordet worden, weil es diesen Choristen nach der Rolle des Ermordeten gelüstete.

Das war eine so ungewöhnliche, so erstaunliche Tat, daß sie Berlin trotz aller Wirtschaftssorgen, trotz Krise und Notverordnungen in Aufruhr brachte.

Ein Mensch war aus Ehrgeiz, aus Sucht nach Ruhm zum Mörder geworden. Um einer Rolle willen. Das war etwas Neues, Aufreizendes, Phantasie aufrüttelndes. Das war mal etwas anderes, als diese steten öden Gaunereien der Generaldirektoren der Großkonzerne.

»Diese Tat hat an grausamer Unerbittlichkeit und Energie etwas Renaissancehaftes,« schrieb eine Zeitung. »In diesem friesischen Seefahrer steckt ein irregegangener Fernando Cortez,« bedauerte eine andere.

Das Hemmungslose, fanatisch Logische, Unbedenkliche dieses Mordes elektrisierte die Jugend. Es gab also wirklich noch Menschen mitten in diesem kleinlichen Alltag, die für den Ruhm zu töten und zu sterben wußten? Wer ist ein Held? philosophierte man in den Studentenkneipen Berlins und im Romanischen Café. Ein Mensch, der für den Ruhm, für diese Chimäre, alles tut. Das Größte und das Furchtbarste. Also: Peter Heise. Ihm gehörte die Bewunderung aller Heraufstürmenden, aller Phantasiebeschwingten, zumal man wußte, daß seine Sache hoffnungslos stand, daß er wahrscheinlich würde sterben müssen, sterben wie ein Held für den Ruhm.

Die Frauen Berlins berührte zunächst nur das Opernhafte des Falles, das Theatralische. Die handelnden Personen, die Stätte der Tat, Ruhm und Ehrgeiz waren für sie etwas zu Abstraktes, zu Wesenloses, zu Unpersönliches. Man starb, man tötete einst – heute schon lange nicht mehr – für eine Frau, für eine Liebe. Das hätten sie begriffen. Das hätte sie erschüttert. Das hätte diesem überspannten Schwärmer ihre Teilnahme geworben. So aber war er in ihren Augen nur ein Dummkopf, der für etwas Lebloses, Unwirkliches, für einen Traum sein Leben hingab.

Da trat die Wandlung ein. Da wurde dieser Mordprozeß zu einer Liebesangelegenheit. Zu einem spannenden Drama des Herzens. Er riß die Neugier, die Sehnsucht der Frauen an sich.

Man fand einen Brief, einen parfümierten Brief auf violettem Papier einer Dame. Sowie Parfum hineinduftete und Frauenhände hineingriffen, war der Prozeß zu einer Frauensache geworden.

Es war das Parfüm Fatma Nansens.

Sie hatte an dem Premierenabend durch ihre erschütternde Darstellung der Donna Felipa ihren Ruhm in Berlin begründet. Jetzt erfuhr man, daß sie die größte Sängerin Schwedens und seit Jahren einer der leuchtendsten Sterne der Metropolitan Opera in New York war.

Da wurde der Fall Heise das Gespräch und die Affaire von Berlin.

Fatma Nansen hatte diesen Brief am Abend des Mordes geschrieben, als sie vom Theater heimgekommen war. Sie hatte ihn noch spät in der Nacht im Hotel aufgegeben. Am nächsten Morgen erreichte er Heise unter der Adresse in der Boyenstraße. Die neue hatte er aus guten Gründen im Theater nicht gemeldet. Er wollte seine Beziehung zu Jo geheim als möglich halten. Nur mit innerem Widerstreben hatte er auf ihren dringenden Wunsch die Einladung in ihre Garderobe während der Premiere angenommen.

Frau Breitspecht nahm den Brief nicht an. Der Adressat war umgezogen. Die neue Adresse war ihr nicht bekannt. So irrte dieser schicksalsschwere Brief Fatma Nansens umher, bis er nach Tagen dem Untersuchungsrichter, an den die Sache inzwischen gelangt war, übergeben wurde.

Der Richter las ihn mit steigender Bestürzung.

»Mein Freund,« schrieb die Diva, »ich danke Ihnen für Ihre Tat. Sie war groß und edel. Sie haben gesehen, wie schamlos Bara mich mißhandelt hat. Oh, heute weiß ich, wie grausam er alle Frauen mißhandelt hat, die das Unglück hatten, ihm zu gefallen und ihn zu erhören. Aber lernt eine Frau die Vergangenheit eines Mannes erst kennen, wenn sie ihr selbst zur demütigenden Gegenwart geworden ist.

Ich danke Ihnen, daß Sie diesen rüden Patron gezüchtigt haben. Sie sind ein Held! Wie wenige Männer gibt es in dieser sachlichen, unromantischen, egoistischen Zeit, die Stellung, Karriere, alles opfern für eine schutzlose Frau – nur weil sie eine schutzlose Frau ist. Sie haben es getan. Sie haben viel verloren, aber vielleicht, mein Freund, auch viel gewonnen. Ich danke Ihnen aus zertretenem Herzen, das wieder zu schlagen und sich aufzurichten wagt, weil noch Männer leben wie Sie. Wann darf ich Ihren Besuch erwarten, um Ihnen in lebendigen warmen Worten für Ihre selbstvergessenen Ritterlichkeit zu danken?

Ihre glaubensfreudige
Fatma Nansen.«

Der Richter federte empor von seinem Amtssessel. Jetzt hielt er den Schlüssel zu diesem geheimnisvollen Falle in Händen. Also – das war die Lösung des

Rätsels! Für eine Frau – für diese Frau, hatte Heise gemordet? Vielleicht auf ihre Anstiftung hin. »Ich danke
Ihnen für Ihre Tat,« schrieb die Frau. Hm! Also hatte
er nicht aus Ehrgeiz gemordet!!

Er zitierte Fatma Nansen diskret und dringend nach
Moabit. Es war ein Kinderspiel für die tief erschütterte, über diesen Mord fassungslose Frau, zu beweisen,
daß sie den Brief im Hotel zur Beförderung aufgegeben hatte zu einer Zeit, zu der außer dem Täter keiner
von dem Mord wußte, noch wissen konnte. Nein, ihre Worte bezogen sich nicht auf den Mord. Das ging
doch schon aus der Einladung zum Besuch hervor.
Sie berichtete bleich und zerrissen und betroffen von
dem Tod des Mannes, den sie bis zu seiner rohen Tat
geliebt hatte, von Baras Untreue.

»Mit wem er Sie betrogen hat, wissen Sie wohl
nicht?«

»Nein.« Ihre Stimme versagte.

»Bitte erzählen Sie weiter.«

Sie berichtete die Erlebnisse im Bühnengang am
Abend der Premiere. Und daß sie dann zu der Überzeugung gekommen war, daß Heise aus – Liebe, sagte sie ganz leise, zu ihr Bara angegriffen hatte. Die
Ausdrücke des Briefes »Heldentat,« »Rächer,« »gezüchtigt« betrafen nur jenen ersten Angriff Heises auf
Bara.

Der Richter sagte sich betreten, daß er auf falscher
Fährte gejagt hatte. Diese Frau war weder Mittäte-
rin noch Mitwisserin, noch Anstifterin. Keine Rede
davon. Aber nun war doch etwas mehr Licht in das

mysteriöse Dunkel der Tat gefallen. Um sich eine Vermutung bekräftigen zu lassen, fragte er:

»Glauben Sie, gnädige Frau, halten Sie es für möglich, daß Heise Ihretwegen Bara getötet hat?«

»Ich bin davon überzeugt wie von meinem Leben, Herr Richter,« erwiderte schmerzlich die betörte Frau.

Als sie zuerst von dem Mord gehört hatte, war sie völlig gelähmt vor Entsetzen und Schreck und Mitgefühl. Ein letzter Rest von Liebe lebte noch in ihrem Haß gegen Bara. Sein Tod hätte sie vielleicht mit ihm versöhnt, wenn ihr Gefühl nicht völlig beherrscht gewesen wäre – von seinem Mörder.

Dieser Mann hatte für sie gemordet! Davon war sie unter seelischen Schauern blind überzeugt. Sie glaubte es in selbstsüchtiger Autosuggestion. Sie klammerte sich an diesen Glauben, der ihr die Möglichkeit gab, unter Selbstachtung weiter zu leben. Sie war aufgewühlt, vernichtet von dieser Tat, entsetzt und gerührt. Ein junger Mensch warf sein Leben für sie hin. Grauenhaft. Unglaubhaft. Herrlich und wunderbar. Ihr Stolz, ihr Frauentum und ihr Glaube an ihre Frauenmacht erhoben sich aus ihrer tiefen Niederlage. Jetzt liebte sie diesen Mann, der aus Liebe zu ihr getötet hatte. Sie wollte für ihn kämpfen, so weit es in ihrer Macht stand, und für ihn leben, wenn er freigesprochen wurde. Er mußte ja freigesprochen werden. Er hatte ja nichts getan, als eine gedemütigte, zertretene, schutzlose Frau verteidigt und gerächt. Das alles sagte sie dem Richter in tiefster Erschütterung.

»Er hat geleugnet, daß er jenen ersten Angriff in der Pause für Sie unternommen hat,« belehrte der Richter.

Fatma lächelte weh und durch Tränen des Verstehens.

»Dem Direktor gegenüber hat er es zugegeben,« sagte sie leise. »Jetzt natürlich, nachdem die Liebe ihn zu dieser grauenvollen Unbesonnenheit getrieben hat, will er mich schonen, will er mich nicht in den Strudel des Prozesses hineinziehen. Aber gerade dieses Leugnen zeugt für den Adel seiner Gesinnung. Von seiner Ritterlichkeit durfte man nichts anderes erwarten. Aber ich weiß, Herr Richter, er hat es für mich getan – leider. Der Arme.«

Der Richter rückte, von plötzlichen Zweifeln überfallen unruhig auf dem Sitz umher.

»Aber gnädige Frau, wenn Sie glauben, er habe es nicht aus Ehrgeiz getan, wie erklären Sie sich das Proben in jener Nacht, das Erscheinen am Morgen im Theaterbüro, das Verlangen nach der Rolle des Getöteten?«

»Scheinmanöver,« lächelte Fatma gewiß und verklärt. »Scheinmanöver, Herr Richter, mich zu decken. Er ist nicht dumm, dieser junge Mann. Oh nein, er wußte, daß er in die Höhle des Löwen rannte, als er ins Theater lief. Er konnte nicht glauben, daß seine Tat verborgen bleiben würde. Er wollte jeden Verdacht und jeden Éclat von mir ablenken.«

Gläubig andächtig läutete ihre Stimme durch die nüchtern-tragische Amtsstube.

»Hm,« machte der Richter ungalant. Er war nicht so überzeugt, wie diese immer noch schöne Frau. Er war durchaus nicht überzeugt.

Doch er gab den Brief und das Ergebnis des Verhörs pflichtgemäß an die Presse. Und legte damit das Feuer an den Scheiterhaufen, auf dem die Sage von dem Mann verbrannte, der aus Ehrgeiz gemordet hatte.

Aus der Asche qualmte Begeisterung und Heroenverehrung. Jetzt war Heise nicht mehr der Held der Jugend, jetzt wurde er der Held der Boudoirs von Berlin. Der Frauenrächer. Der Frauenbeschützer. Jetzt hagelten aus allen Ecken – auch aus New York – Anklagen und Beschuldigungen gegen Bara. Verratene Frauen, verlassene Frauen, betrogene Frauen, verführte Mädchen kühlten ihre Rache. Er gewitterte um den toten Tenor. Jetzt erst erfuhr die staunende Welt, welcher Frauenverführer er gewesen war. Schleusen öffneten sich. Die geheimen Tränen des Schmerzes, des Zornes, ohnmächtiger Verachtung, die sich angestaut hatten, brachen ungehemmt hervor zu einer Flut der Veröffentlichung, der Selbstentäußerung, der Beichte, der Enthüllung. Bara war gerichtet. Der angeklagte Vernichter dieses Ritters Blaubart aber war zum Abgott der Frauen der ganzen Erde geworden.

Viola Windal tat in ihren Kreisen das Ihre. Ihren Traum, diesen Tenor zu entdecken, hatte seine Tat zerstört. Wenn sie ihn nun nicht mehr lanzieren konnte, wollte sie ihn retten. Sie prahlte mit ihrer Kenntnis von ihm, sie erzählte von seiner Begabung, seiner Stimme. Sie wurde in der Berliner Gesellschaft der Herold seines Genies. Sie schürte die Stimmung für ihn, sie hielt die entflammte öffentliche Meinung in Hochglut, sie bereitete seine Begnadigung vor, im Falle er verurteilt würde. Dann – ja dann – wenn er das Gefängnis verließ – – Der Rest war vorläufig noch Wahn und ihr Geheimnis.

12

Auf Jo Ternitz wirkte die Kunde von Heises Verhaftung und dem Mordverdacht, der sich drohend gegen ihn erhob, lähmend und niederstreckend. Das war doch nicht möglich! Das war doch unmöglich, daß ein Mensch hinging, einen großen Sänger kaltblütig ermordete und dann die ganze Nacht hindurch dessen Rolle probte. Das war doch nicht menschenmöglich. Das tat doch Peter nicht. Aber er war so merkwürdig gewesen, als er kam, verstört und aufgelöst und – sie schrie leise auf – er *hatte* doch gewußt, daß Bara tot war. Woher hatte er es gewußt? Zu einer Zeit, zu der kein Anderer wußte, daß er tot war. Das ersah sie aus den Zeitungsberichten. Jetzt entsann sie sich auch, daß er ihrer wiederholten Frage, woher er es wußte, immer wieder ausgewichen war.

Sie saß schlaff, mit ausgehöhlten Gliedern auf dem Sessel, auf dem sie niedergebrochen war, als sie die Mittagszeitung erhalten hatte. Nein – es war doch nicht möglich. Dieser Mann war kein Mörder. Unmöglich, ganz unmöglich.

Sie zwang sich empor, sie eilte ins Theater, erfuhr dort Einzelheiten. Alle waren von Heises Schuld überzeugt. Der Portier hatte ihn als Letzten das Theater

148

verlassen sehen. Seine Hast, seine Entstellung waren ihm gleich aufgefallen, aber er hatte diese Erregtheit auf die Entlassung des Choristen geschoben. Er hatte der Polizei auch sofort seinen Verdacht gegen Heise geäußert. Er wäre noch in der Nacht verhaftet worden, wenn die Kriminalbeamten ihn in seiner früheren Wohnung in der Boyenstraße gefunden hätten.

Jo eilte zum Polizeipräsidium. Sie wollte ihn sprechen, ihm sagen, daß nichts sie beirren könne, ihm sagen, daß sie bei ihm stehe, ihm Trost zusprechen, ihn fühlen lassen, daß *ein* Mensch wenigstens an ihn glaube. Man ließ sie nicht zu dem Tobenden.

Da rannte sie zu einem Anwalt, bestellte ihn zu seiner Verteidigung, erzählte ihm alles. Daß sie Heise liebe, daß sie ihn in ihre Garderobe geladen, daß er dort Bara getroffen hatte.

»Was wollte Bara in Ihrer Garderobe?«

»Ich weiß es nicht.«

Alles erzählte sie. Auch das Proben in der Mordnacht.

Der Verteidiger wurde sehr ernst.

»Ich halte es für das Beste, gnädiges Fräulein, wir warten noch. Warten ab, was die ersten Ermittlungen geben. Sie werden ja ohne Zweifel sehr bald als Zeugin vorgeladen werden. Beantworten Sie die Fragen, die man Ihnen stellt, gewissenhaft. Aber antworten Sie nur auf das, was man Sie fragt. Ich werde mich inzwischen als Verteidiger melden.«

»Sie halten ihn doch nicht auch etwa – –?« Sie beugte sich weit vor und sah den Mann mit gequälten trüben Augen an.

»Ich weiß noch garnichts,« wich der Anwalt aus, »sehr günstig steht die Sache jedenfalls nicht.«

Belastet und unsicher verließ Jo das Büro. Nein, das war nicht möglich, trotz allem nicht möglich. Er konnte nicht gemordet haben, um die Rolle zu erlangen. Das war nicht möglich. Aber dann kam ihr wieder der würgende Gedanke, daß er hatte proben können, obwohl er wußte, daß Bara soeben getötet worden war. Erfolgsvernarrtheit, suchte sie zu entschuldigen. Er hat es doch für mich getan, dieses Proben, setzte sie in Gedanken rasch hinzu.

Der grausige Verdacht war in ihr aufgestiegen, daß er vielleicht doch getötet hatte, um die Rolle zu erhalten, für sie, um ihr, wie er immer sagte, ebenbürtig zu werden. – –

Sie blieb mitten auf der Friedrichstraße sehen. Sie konnte nicht weitergehen. Ob er nicht vielleicht doch in seiner Erfolgsbesessenheit fähig war – zu töten? Sie ging in ein Haustor und mußte sich an die Mauer lehnen. Der Zweifel nahm ihr alle Kraft. Was wußte sie im Grunde von diesem Mann? Seit drei Tagen kannte sie ihn. So gut wie nichts wußte sie von ihm. Im Grunde nichts. Sie wunderte sich jetzt über ihre rasche Liebe zu ihm. Ja, wenn sie ehrlich war vor sich, als sie vorhin dem Rechtsanwalt gesagt hatte, sie liebe ihn, war ein Stocken in ihr gewesen. Ein Zögern. Liebte sie ihn wirklich noch? Dieses Schwanken hatte mit dem Mordverdacht nichts zu tun, das wußte sie genau. Gestern Nacht, als ihre Seele noch nicht an die Möglichkeit eines Mordes gedacht hatte, war er ihr schon ganz fremd geworden. Ein Mann war da in ihrem Zimmer gewesen, zu dem sie keinen Weg mehr fand, der nicht mehr ihres Wesens war. Ein Mann, der sie gegen ihr Gefühl und ihren Willen zur Hilfeleistung gepreßt hatte.

Er war auch völlig verwandelt gewesen. Gerade das an ihm, das sie zu ihm hingezogen hatte, dieses Herbe, Zurückhaltende, Verschlossene, das Friesische an ihm, war von ihm abgefallen. Etwas Don Quichotehaftes war an ihm gewesen. Ja, etwas Vernarrtes, leidenschaftlich Wildes.

Jemand kam durch den Torweg und sah sie an, mißtrauisch schien ihr. Da ging sie weiter. Ganz langsam. Die Beine waren ungelenk und schwer.

Aber er ist ja kein richtiger Friese, dachte sie, sonst wäre er kein Opernsänger geworden. Er war eben doch ein temperamentvoller künstlerisch befeuerter Mensch unter seiner Verschlossenheit. Das alles war jetzt aufgesprungen unter dem Druck der großen Chance, die er im Tode Baras sah. War das so unmenschlich? Warteten nicht Tausende auf den Tod irgendeines andern, der ihnen den Weg zu irgendeinem Ziel versperrte? Rückten nicht Tausende auf, wenn einer ihnen Platz machte durch sein Sterben? Gerieten Sie deswegen in den Verdacht, seine Mörder zu sein? Nein, nein, nein, sie wollte es nicht glauben.

Wollte nicht treulos werden, bloß weil andere ihn verdächtigten.

Sie verbrachte Tage und Nächte der Qual immer wieder aufsteigender, immer wieder verscheuchter Zweifel und der Reue ob ihrer Zweifel und Unsicherheit. Noch einmal versuchte sie, ihn zu sprechen. Vergeblich. Sie rief den Anwalt an. »Warten Sie bitte noch,« riet er, »ich sehe noch immer nicht klar. Er hat sich übrigens geweigert, mich zu sprechen.«

Dann kam der Taumel über Berlin. Jo las den Brief Fatma Nansens in der Zeitung, las, daß er für die Kollegin Bara getötet hätte.

Sie wußte sofort, das war barer Unsinn. Wenige Tage später ging sie nach Moabit. Man rief den Untersuchungsgefangenen in das Sprechzimmer. Ein Wärter überwachte die Begegnung. Auch Heise hatte längst von der Mythe erfahren, die sich um Fatma Nansen und um ihn gedichtet hatte. Er wies sie mit einer gleichgültigen Geste fort.

Die Schwäche seines Geistes und Körpers hatte er jetzt überwunden und sich wiedergefunden. Zwei Leitmotive erfüllten sein Sinnen und Grübeln: Jo aus dieser Verstrickung herauszuhalten und dann – der große Plan, der ihm gekommen war. Eine Idee von gigantischem Ausmaß und einer ungeheuren Kühnheit. Keinem verriet er, was ihn bewegte. Aber dieser Plan gab ihm eine geheimnisvolle Ruhe und Sicherheit. Er veränderte ihn und sein Verhalten.

Der Beschuldigte wurde zu einem noch größerem Rätsel für Richter und Wärter. Er verweigerte jetzt bei jedem Verhör jede Antwort. Ließ sich durch keine wohlwollende Mahnung, durch keine zürnende Drohung aus der Festung seines hartnäckigen Schweigens herauslocken. Er verschanzte sich hinter eine sonderbare, unbegreifliche Gelassenheit und eine Zuversicht, die in den Tatsachen, die sich gegen ihn auftürmten, durchaus nicht begründet war. Den Anwalt lehnte er auch weiterhin ab. Man machte ihm begreiflich, daß er bei der Schwere des Deliktes einen Verteidiger haben müsse von Gesetzes wegen. Er zuckte stumm und verächtlich die Achseln.

Als er Jo im Besuchszimmer des Untersuchungsgefängnisses gegenüber trat, zitterte er vor Freude. Dieses Wiedersehen ging über die Kraft seiner Beherrschung. Sein Gesicht war sehr blaß, aber er wollte vor dem Beamten nichts von dem verraten, was Jo und ihn verband. Er tat kühl und fremd.

»Ich danke Ihnen, daß Sie gekommen sind,« begann er rasch, ehe sie etwas allzu Nahes sagen konnte. »Wie geht es Ihnen?«

Jos Herz hatte voll Angst und Mitleid dieser Begegnung entgegengepocht. Jetzt stand sie befremdet, vor den Kopf geschlagen, vor ihm. Das »Sie«, der kalte Ton, machte sie hilflos.

»Ich wollte dir nur sagen,« sie sagte trotzdem tapfer »dir«, »daß ich an deine Unschuld glaube.«

Heise sah sie mit mühsam verhehlter Zärtlichkeit an.

»Danke,« erwiderte er schroff und schielte auf den Aufseher, damit sie erkenne, daß er nur wegen dieser lästigen Gegenwart so abscheulich zu ihr war. Aber sie begriff diese Finte nicht.

»Sie haben mir einen Verteidiger gestellt,« fuhr er fort, »das ist sehr nett von Ihnen, aber ich brauche keine Verteidigung. Ich werde mich selbst verteidigen.«

»Willst du – wollen Sie –« sie war so verwirrt und ratlos, daß sie nicht mehr aus noch ein wußte, – »nicht doch lieber alles mit ihm besprechen?«

»Nein. Was macht die Opernrevue? Ist die Rolle schon neu besetzt?«

»Wir proben,« entgegnete sie und begriff den Mann, den sie geliebt hatte, immer weniger.

»Wer ist der neue Columbus?« Zum ersten Mal klang seine Stimme erregt.

Sie nannte den Namen.

»Wie ist er?« In seinen Augen glänzte plötzlich der fanatische Funke auf, den sie seit jener Nacht so gut kannte.

»Ganz gut.«

»Besser als ich gewesen wäre?!«

»Nein,« sagte sie überzeugt. Aber selbst die Ehrlichkeit klang verscheucht und verstört.

Sie hatte sich dieses Wiedersehen ganz anders gedacht, hatte gehofft und inbrünstig erfleht, daß sie bei ihm ihre Liebe wiederfinden würde.

Dann entstand eine Pause. Der Wärter hustete.

»Kann ich nichts für – Sie tun?«

»Danke nein.«

Sie sah ihn verzweifelt an.

»Dann werde ich gehen.« Es war ein verflattertes Seufzen.

»Leben Sie wohl – und, Fräulein Ternitz, seien Sie gewiß, ich komme hinauf. Ganz bestimmt.« Er sagte es mit einem Blick engster Zugehörigkeit. Sie gab ihm die Hand. Er preßte sie heftig. Betäubt und benommen ging sie und wußte weniger von ihm als je zuvor.

Am folgenden Tage machte Fatma Nansen ihrem Ritter eine vielbesprochene offizielle Visite.

Heise ahnte, wer seiner im Sprechzimmer harrte, als der Wärter eine Dame – »nein, nicht die von gestern« – meldete. Er wußte, daß die Volksstimme ihn als den kühnen Retter der Ehre Fatma Nansens und aller der vielen anderen Frauen feierte, die Bara schmachvoll mißhandelt und betrogen hatte. Er hielt es für das Klügste zu schweigen, wie er heute Morgen wieder auf alle verfänglichen Fragen des Untersuchungsrichters geschwiegen hatte. Sein Tag des Sprechens nahte.

Fatma eilte auf ihn zu, umklammerte seine Hände. Sie trug tiefe Trauer, für ihn und Bara.

»Ich danke Ihnen,« schluchzte sie in fassungslosem Schmerz. »Ich stehe hier vor Ihnen als Sprecherin für viele Frauen, die Ihnen durch meinen Mund unter Tränen danken. Was können Worte danken für solche Tat! Ich blicke zu Ihnen empor – ich bewundere Sie – trotz allem, trotz dieses Furchtbaren, Unbesonnenen.«

Die leidenschaftliche Frau beugte sich zu seinen Händen, den Mörderhänden, nieder, wollte sie küssen. Er entzog sie ihr bestürzt – und schwieg. Sprach kein Wort. Sie verstand sein Zartgefühl. Was konnte ein Mann, ein echter, wahrer, ganzer Mann, in seiner delikaten Lage der Frau, die er liebte, sagen? Oh, sie begriff sein edles Taktgefühl.

»Sie werden freigesprochen werden –« tröstete sie. »Ganz Berlin steht auf Ihrer Seite.«

Er nickte stumm und abwehrend. Sie sah ihn zärtlich an. Sah ihn zum ersten Mal prüfend und forschend an. Sah, wie männlich und stark und kantig dieses junge Gesicht war, und fühlte sich schicksalshaft für immer mit diesem Mann verbunden. Und flehte in der Demut der Liebe, die ihr das Leben gerettet hatte: »Nur um eins bitte ich Sie inständig. Verachten Sie mich nicht. Baras Ruhm, seine betörende Stimme hat mich, wie so Viele, umstrickt. Beurteilen Sie mich nicht nach dieser unseligen Verkettung.«

Er schüttelte wortlos den Kopf.

Dann trat sie ganz dicht an ihn heran und hauchte ihm kaum noch in Worten zu:

»Wenn Sie freigesprochen sind – – –« Alles andere sagten ihm ihr Blick und ihre Tränen seelischer und körperlicher Ergebung.

Ein Abendblatt brachte die Einzelheiten dieses Besuches im Gefängnis als Dichtung und Wahrheit. Der Wärter hatte sich das Honorar verdient, der begeisterte Redakteur war zum Poeten geworden. Er wußte, diese Reportage war ein Fressen für die Damen von

Berlin. Das war noch Romantik in dieser dürren Öde von Heute!

Die Diva und der Mörder. Das Blatt setzte mit dieser fetten Kopfzeile das Dreifache seiner Auflage ab.

Als Fatma Nansen wenige Tage später wieder als Donna Felipa auftrat, umtobten Stürme der Begeisterung minutenlang die bescheiden und wehmütig lächelnde Frau.

Eine Stimme vom Olymp brüllte: »Hoch Peter Heise!«

Da hallte das Theater wider von den Hochrufen auf den Mörder.

Am nächsten Tage wurde Jo vor dem Untersuchungsrichter vernommen. Sie erzählte nichts von ihrer Liebe, weil sie fürchtete, Peter zu schaden. Sie sagte auch nicht, daß sie ihn am Abend der Premiere in ihre Garderobe eingeladen hatte und daß er dort mit Bara in Zwist geraten war. Sie wollte das rettende Märchen von dem Ritter, der für Fatma Nansen getötet hatte, nicht zerstören.

»Wie kam es, daß der Beschuldigte in Ihre Pension gezogen ist?«

»Ich habe ihn dazu überredet,« sagte sie leise. »Er tat mir leid. Ich sah, wie schlecht es ihm ging.«

»Haben –,« der Richter malte Kringel auf das Papier, das vor ihm lag, – »zwischen Ihnen und dem Angeklagten intimere Beziehungen bestanden?«

»Wie meinen Sie das?« wich Jo aus. Der Richter hob den Kopf, sah sie scharf an und sagte:

»Sie werden doch wohl wissen, was intimere Beziehungen zwischen Mann und Frau sind.«

»Nein,« sagte sie, »intimere Beziehungen haben zwischen uns nicht bestanden.«

»Sie haben dann die Nacht nach dem Mord mit dem Beschuldigten die Rolle Baras geprobt?«

Jo nickte.

»Wie kamen Sie dazu?«

»Heise stürzte in mein Zimmer und bat mich so flehentlich um meine Kritik und Hilfe, daß ich nachgab.«

»Wußten Sie, daß Bara tot war?«

»Ja, er sagte es mir.«

»Hat er Ihnen auch gesagt, daß er Bara ermordet hat?«

»Nein.«

Das Verhör ergab nichts Neues.

13

Der große Tag war gekommen.

In Moabit fand dia Hauptverhandlung gegen Peter Heise statt. In der Nüchternheit dieser Zeit, in der Romantik ein Hohn, Märtyrertum ein Spott ist, sollte dem Mann der Prozeß gemacht werden, der zu Ehren der geliebten Frau sein Leben hingeschleudert hatte. Ein großer Tag der Frauen und der Liebe.

Ein dunkler Flor lag über diesem Tag, der Tod eines Bösewichts umdüsterte ihn. Doch es blieb ein Tag der Glorie, des Minnedienstes und der Ritterlichkeit, die noch nicht, trotz allem noch nicht, ausgestorben und verblichen war.

Das Vorverfahren war abgekürzt, die Strafsache Heise außerhalb der Reihe angesetzt worden. Schon seit Tagen waren die Einlaßkarten zum Zuschauerraum des Schwurgerichts vergriffen. Ein unerlaubter, heimlicher schwunghafter Handel hatte Preise ersteigert, die keine phantastisch propagierte Galaoper mit dem berühmtesten Gast je erzielt hatte. In den letzten Tagen stieg die Nachfrage und die Platzgebühr ins grotesk Sagenhafte.

Wie stets an den Elitetagen dieses Schauspielhauses der Gerechtigkeit überwog unter dem Publikum die Weiblichkeit, erstritten mondänen Damen den Zutritt, die »dabei gewesen sein mußten« und diese märchenhaften Kassenpreise erschwingen konnten. Die Hoheiten der Schönheit, des Geldes, der Liebe, die Frauen und Freundinnen der Männer der Börse und Großindustrie und die Sterne der Bühne. Man flüsterte Namen, Anekdoten und Skandalgeschichten. Man war unter sich wie bei der sensationellsten und interessantesten Premiere der Saison. Vorn in der ersten Reihe des Zuschauerraums paradierte Viola Windal.

Auf der Freitreppe des Gerichtspalastes, auf dem Platz mit der Bildsäule des symbolischen Löwen, der die Schlange zertritt, ballten sich die Massen derer zusammen, die keine Eintrittskarten erhalten hatten. Tausende standen hier und starrten empor zu den Fenstern des Saales, als könnten sie durch die Mauern von den erregenden Vorgängen dort oben etwas erhaschen und erraffen. Hier überwogen die Leute der Kulissen, die kleinen Schauspieler und Darstellerinnen, die Sänger und werdenden Diven, die Chorleute beiderlei Geschlechts, alle, die es unwiderstehlich herzog, weil ein Kamerad, einer der Ihren dort drinnen vor den Schranken stand als Held von Berlin.

Sie beneideten die Kollegen von der Opern-Revue Columbus nicht wenig, die stolz und ihrer Bedeutung bewußt einzogen in die Tore, die für schlichte Sterbliche eine dichte Polizeikette absperrte. Lange vor der angesetzten Stunde stand der Menschenwall an dem Justizpalast. Dann begann die Auffahrt der

Kartenbesitzer. Eine Modenschau winterlicher Toiletten war es, eine Parade bezahlter und unbezahlter Pelze, kostbaren Geschmeides. Mißgunst und Bewunderung ringt in den Busen der kleinen Mädchen vom Theater.

In dem roten Ziegelbau beginnt jetzt die Vorstellung. Verbindungsleute zwischen Saal und Straße berichten jede Einzelheit. Es ist wie Rundfunkreportage. Die Worte huschen von Mund zu Mund weiter. Jeder auf der Straße weiß genau Bescheid, sieht die Vorgänge hinter den dicken Mauern vor seinem geistigen Auge. Der Saal ist, durch Wellen rascher Berichterstattung, auch hier draußen auf der Straße, auf dem Platze.

Der Präsident, einer der elegantesten Vorsitzenden der Berliner Gerichte, berühmter Jurist und Verhandlungsleiter, nimmt mit den Beisitzern seinen Platz ein. Die Geschworenen stolpern an den Tisch. Der Angeklagte wird hereingeführt. Ein Summen der Teilnahme schwirrt durch den Saal. Die Operngläser zirkeln sich auf ihn ein.

»Ein hübscher Bursche,« flüstern Hunderte von diskret geschminkten Lippen. Ja, so konnte man sich einen Helden vorstellen, einen Mann, der bereit war, für eine Frau zu sterben.

Man begann Fatma Nansen ein wenig zu beneiden. Ob sie Bara mit diesem sehnigen starken Jungen da betrogen hatte? Ein früherer Seemann war er, nicht? Fabelhafte Augen! Ob sie schon viel Glück in seinen Armen genossen hatte? Hm, diese dicht zusammengewachsenen Augenbrauen. Leidenschaft verrieten die, Feuer und Leidenschaft.

Die Damen glühten auf, kamen in Stimmung. Es wurde heiß im Saale, ehe noch die Verhandlung recht in Fluß kam. Es duftete wie in einem Bazar nach Parfum, Schminke, Puder.

Heise trat an die Barriere der Anklagebank in einem neuen, gutsitzenden Sakkoanzuge, tadellos gekleidet. Er hatte sich für diesen Auftritt in Schulden gestürzt. Ein Schneider hatte willig auf Vorschuß geliefert.

Heute galt es. Er war frisch und belebt. Stand hochgerichtet, keck, und musterte sein Publikum. Die grauen Augen glitten langsam prüfend und abwägend über die Gesichter auf den langen Sitzreihen. Ein Parkett, vor dem es sich lohnte, sein Debut zu halten.

Er verbeugte sich linkisch und setzte sich. Die Damen quittierten mit ermutigendem Lächeln den chevalresken Gruß.

Die Zeugen werden aufgerufen. Fast das gesamte Personal des Theaters, von Buchner bis zu den Bühnenarbeitern, soll Zeugnis ablegen für oder wider Peter Heise. Als Fatma Nansens Name erklingt und die Sängerin leise antwortet »hier,« schüchtern, gehemmt, schmerzlich und stolz, schüttert ein Raunen und atemloses Flüstern durch den Raum.

Von Jo Ternitz weiß man nichts. Ihr Name geht ohne Bewegung vorüber.

Die Zeugen treten ab.

Die Verhandlung beginnt.

Der Vorsitzende wendet dem Angeklagten das Gesicht zu. Neben ihm sehen die Beisitzer und Schöffen unbedeutend und aufgeblasen aus, wie Karikaturen von Daumier. Der Vorsitzende ist ganz Weltmann, dabei liebenswürdige überlegene Hoheit und Würde.

Jetzt steht Heise. Wieder überblickt er forschend sein Publikum und lächelt, lächelt geheimnisvoll und in seltsamer Zuversicht. Auf vielen Frauengesichtern spielt das Spiegelbild dieses mystischen siegesgewissen Lächelns des Angeklagten. Es wirkt suggestiv und verführerisch. Jetzt sehen alle seine gespannte junge Kraft und Größe.

Der Präsident beugt sich vor über den Richtertisch. Ein Rücken, ein Zurechtsetzen, wie im Theater, wenn der Vorhang aufgeht, scharrt durch den weiten Saal. Dann herrscht lautlose Stille erhitzter Erwartung. Das Spiel hat begonnen.

Draußen auf der Straße und auf dem Platz horcht alles gespannt. Die Berichte folgen sich wie die Entladungen von Maschinengewehrsalven.

Die Stimme des Vorsitzenden ist weich, fast zärtlich, mit einem metallisch warnenden Unterton stählerner Energie. Jeder im Saal und draußen in den Straßen von Berlin hofft, der Angeklagte wird freigesprochen werden. Es gilt nur die Würde des Rechts, der Staatsordnung, des Verfahrens zu wahren. Gerichtet ist längst der Ermordete. Für den Mörder kämpft die Verehrung der Damen. Er ist nur die rächende Hand aller dieser betrogenen, entehrten Frauen gewesen.

Der Präsident kennt die allgemeine Stimmung, der Staatsanwalt an seinem Tisch kennt sie. Einen jüngeren Mann hat die Anklagebehörde auf diesen verlorenen Posten entsandt. Ehren sind hier heute nicht zu ernten. Die Schöffen wissen, was die Volksstimme von ihnen fordert. Brave Bürger sind sie, Familienväter, im Leben verknöchert und vertrocknet, die alle Sehnsucht nach Liebe längst begraben haben und den jungen Mann dort auf der Anklagebank in den Untiefen ihres verknorpelten Philistergemütes für ein bißchen überspannt halten. Sie wissen, daß heute ganz Berlin, ganz Deutschland auf sie blickt. Daß im Grunde ein anderer hier vor Gericht steht. Ein Toter. Sie werden richten, wie Recht, die Menschlichkeit und ihr Gewissen es fordert, und werden beweisen, daß sie sich von dem Enthusiasmus, den ihre Frauen ihnen mit auf den Weg gegeben haben, nicht beeinflussen lassen.

»Angeklagter! Sie haben bei Ihrer ersten Vernehmung vor dem Polizeikommissar jede Schuld bestritten. Bei allen folgenden Verhören haben Sie hartnäckig geschwiegen und jede Aussage verweigert. Wollen Sie mir heute Rede stehen?«

Da holt Peter Heise tief Atem. Seine Hände stützten sich hart auf die Barriere. Jetzt hatte die erlösende Stunde seines Lebens geschlagen. Jetzt wollte er kämpfen für sich und Jo. Jetzt wollte er ihr ebenbürtig werden. Ihr ohne Scham und Demütigung sein Leben und sein Herz zu Füßen legen dürfen. Jetzt sollte der große phantastische Plan verwirklicht werden.

Wieder verbeugte er sich vor seinem Publikum, eckig unweltmännisch, trotz aller geheimen Proben in den langen Stunden der Gefangenschaft, und begann:

»Jawohl, Herr Präsident. Heute werde ich reden. Heute werde ich alles sagen, was ich auf dem Herzen habe.«

Er holte wieder tief aus der Brust Atem, als nehme er Anlauf zu einem athletischen Sprunge.

Doch der Vorsitzende fiel ein:

»Sehr klug von Ihnen, Peter Heise, ich habe nichts anderes von Ihnen als Vernunft erwartet.«

Er legte sich breit in das Wohlwollen hinein, das er diesem Volkshelden schuldete.

Mitten im Ansturm durch die Worte des Präsidenten gehandicapt, tankte Heise die Lungen von Neuem voll von Betriebsstoff und schwirrte dann los:

»Herr Präsident – meine Damen und Herren –«

Milde unterbrach ihn der Vorsitzende:

»Sie sprechen zu dem Gericht, Angeklagter.«

Doch Heise achtete nicht mehr auf störende Zwischenrufe. Er war jetzt bei der Tat seines Lebens.

»Meine Damen und Herren,« wiederholte er achtlos der sanften Mahnung, »die ganze Zeit über im Gefängnis habe ich geschwiegen, habe jede Aussage verweigert, weil ich Furcht hatte, man würde mich sonst freilassen.«

Bewegung leisen Staunens.

»Ich wollte nicht freikommen. Ich wollte nicht wieder in das klägliche Schattenleben des unbekannten Choristen zurücksinken. Die große Chance, sofort für Bara einzuspringen, ist erfolglos verpufft durch meine Verhaftung. Ein Anderer hat die Rolle erhalten. Jetzt, meine Damen und Herren –«

Der Vorsitzende machte eine vergebliche, fast resignierte Bewegung mit der Hand.

»Angeklagter –«

Doch Heise ließ sich nicht mehr aufhalten.

»Jetzt blieb mir nur die eine große Gelegenheit, hier vor Ihnen zu stehen.«

Da unterbrach der Präsident energisch:

»Angeklagter, wollen Sie nicht bitte zur Sache kommen?«

»Ich bin bei der Sache!« rief Heise emphatisch. Seine Wangen begannen zu glühen. Fieber sprang aus seinen Augen. Jetzt sauste er unaufhaltsam dahin, dem Ziele seines Daseins zu.

»Ich wußte, es würde ein Sensationsprozeß werden. ›Der Mordprozeß des großen Tenors.‹ Sowas packt immer das Publikum. Ich wußte, ich würde hier eine Zuhörerschaft haben, wie ich sie mir immer in meiner kühnsten Sehnsucht erträumt habe. Ich wußte, es wird die ungeheure Chance, die mich emporträgt.«

Seine Worte hasteten unhemmbar dahin. Vergeblich sind die noch zögernden Gesten des Vorsitzenden, die entrüsteten des Staatsanwalts. Heise prescht weiter, er weiß, keiner darf ihn jetzt aufhalten, von keinem darf er sich aufhalten lassen. Es ist *die* Gelegenheit seines Lebens. Mögen sie tun, was sie wollen, er wird sprechen.

Das Publikum hört ihn mit aufglühendem Staunen und wartender Erregung.

»Meine Damen und Herren! Der arme Mensch, der erschlagen worden ist, tut mir herzlich leid. Glauben Sie mir das! Aber er ist doch tot. Ich aber lebe. Ob *ich* seine Rolle bekomme oder irgend ein anderer, kann ihm doch heute ganz gleichgültig sein. Also, warum soll *ich* sie dann nicht erhalten? So ist nun mal das Leben: wat dem inen sin Uhl, ist dem andern sin Nachtigall. *Jetzt bin ich die Nachtigall.*«

Den letzten Satz schmetterte er zwischen die verwirrten, betroffenen, aufgestörten Menschen. Man verstand ihn nicht recht. Was wollte er sagen? Wovon sprach er eigentlich? Der Anwalt – trotz Heises Widerspruch stand er von Amts wegen als Offizialverteidiger dem Angeklagten bei – blickte unschlüssig drein. Sollte er unterbrechen?

Der Staatsanwalt zuckte ungeduldig die Schultern. Was sollte das? Was sollte dieses törichte Gefasel? War das ein ordentliches Gerichtsverfahren? Der Präsident machte wieder seine überlegene Beschwichtigungsgeste. Warum den Mann nicht einmal erst tüchtig auspacken lassen? Das war oft das Beste. Dabei ergaben sich häufig ein Geständnis oder doch wichtige Enthüllungen. »Lassen wir ihn reden,« bedeutete er nachsichtig.

Die Schöffen lauschten gewichtig und gespannt. Manche benutzten die Handfläche als Protese der Ohrmuschel, besser zu hören.

»Meine Damen und Herren –«

Na meinetwegen, dachte der Präsident.

»Seit Jahren – seit ich aus meinem heimatlichen Fischerdorf zur Bühne entlaufen bin, warte ich auf die große Gelegenheit. Ich glaubte, sie wäre mir am Abend des Mordes gekommen. Aber nein, alles war umsonst, alles war vergeblich. Ich war zerschmettert und vernichtet, bis ich begriff, daß ich nun bald vor Ihnen stehen würde. Da lebte ich wieder auf. Ich habe alle diese Tage im Gefängnis nur für diese Verhandlung gelebt. Jetzt ist der Augenblick gekommen. Hierher,« – er schlug heftig auf die Barriere, – »ganz vorn an die Rampe der Lebensbühne hat das Schicksal mich gestellt. Wie einen großen Star. Endlich habe ich meine fulminante Solorolle. Endlich! Endlich! Sie – ganz Berlin – ganz Deutschland – die Welt richtet heut die Augen auf mich! Und hier muß man mich endlich anhören!«

Er schrie. Er sprühte in Ekstase, er war in der Einsamkeit der Haft und im Rausche seines Planes zum Vulkan geworden, der jetzt in Rauch und Flammen ausbrach.

Das Publikum murrte vor Unruhe, begann zu wogen in einem Unbehagen der Nichtbegreifens. Was wollte der Mann? Was verlangte sein Ungestüm von ihnen? Was schleuderte er ihnen da eigentlich zu? Sie wußten doch alle, warum er Bara getötet hatte. Was wollte er bloß mit dieser peinlich aufdringlichen Gewaltpose?

Der Präsident bewahrte Ruhe und Liebenswürdigkeit.

»Heise,« mahnte er, »ich weiß nicht recht, worauf Sie hinauswollen.«

»Worauf ich hinaus will?! *Hinauf* will ich. Endlich. Nach all diesen Jahren vergeblichen Ringens. Sie ahnen nicht, Herr Präsident. Meine Herren Richter und Schöffen und Sie, meine Damen und Herren, was wissen Sie alle davon, wie unmöglich es heutzutage ist durchzudringen. Sie sehen immer nur die Leute *vor* der Kulisse. Ja, wenn sie erst dort stehen in bengalischer Beleuchtung, dann sind sie durch. Aber dahin zu kommen. Das ist fast das Unmögliche. Das Sich-Herausschinden aus der Masse. Da liegt die furchtbare Tragödie, von der nur wir Erfolglosen wissen. Kein Direktor wagt es mit einem Namenlosen. Kein Direktor hat den Mut zu einer Tat. Keiner riskiert es, einen unbekannten, noch so talentierten jungen Menschen herauszustellen. Immer nur die längst Bewährten, die Prominenten, die Arrivierten. Oh, meine Damen und Herren, wie ich diese Worte hasse! Prominent! Arriviert! Benebelnde Zauberworte für jedes direktoriale Ohr. Und wir Jungen? He! Was wird aus uns?«

Er schrie es hinaus.

Der Vorsitzende wollte unterbrechen, rief etwas, doch Heise sauste weiter wie eine Lokomotive unter Volldampf.

»Ein Mensch ohne Namen hat keine Gelegenheit, den Namen zu erringen. Nie. Nie. Wenn er nicht Protektion hat oder wenn sich ihm nicht ein unwahrscheinlicher Zufall bietet. Jetzt halte ich meinen Zufall fest in beiden Fäusten.«

Die Stimme überschlug sich.

Das Auditorium brandete auf in Unrast. Einzelne erfaßten schon den Sinn, die treibende Kraft dieser Propagandarede des Angeklagten. Doch die meisten irrten noch im Dunkeln, im Unklaren, Ärgerlichen.

Der Staatsanwalt hatte seinen Platz verlassen, war hinter den Vorsitzenden getreten und redete lebhaft auf ihn ein. Dem Verteidiger schienen diese abstrusen Abwege seines Klienten nun doch allmählich gefährlich. Die Sache lag doch so klar, so einfach. Er hatte nur zu sagen: Ich habe Bara erschlagen, weil er Fatma Nansen, die ich liebe, tötlich beleidigt hat. Schluß. Aus. Freispruch. Was sollte dieses irre Gewäsch, das alles nur verderben konnte?

Er drehte sich zur Anklagebank um, aus der Heise, weit zum Publikum vorgebeugt, herausragte und zupfte ihn am Rock. Dabei flüsterte er ihm zu:

»Wohin verlieren Sie sich? Sprechen Sie von der Dame – der Da – me!«

Das Wort spießte er wie eine Delikatesse auf die Zungenspitze.

Ärgerlich riß Heise seinen Rock aus den Händen des Anwalts.

»Stören Sie mich nicht,« knurrte er nervös und zornig den Menschen an, der ihm gegen seinen Willen aufgezwungen worden war, der ihn jetzt mitten aus seinem Gedankenschwung herausgeriß.

»Was zerren Sie da an mir herum?« Er faßte sich an die Stirn. Suchte den verlorenen Faden.

»Meine Damen und Herren, glauben Sie mir, ich habe Stimme. Ich kann singen, nicht so gut wie Bara, aber doch wie viele andere, die auf deutschen Opernbühnen Abend für Abend Lorbeern ernten. Ich kann die Rolle des Columbus von Anfang bis zu Ende. Auf Ehrenwort. Hören Sie mich an. Und dann – ich flehe Sie an, dann zwingen Sie durch Ihren Machtspruch – das Publikum hält die Entscheidung über uns in der Hand. Alles kann es durchsetzen, wenn es nur will. – Und Sie, meine Herren von der Presse, fordern Sie mich, fordern Sie mich so stürmisch, so diktatorisch als Columbus, daß Buchner mich nehmen *muß*.«

Jetzt hatten alle begriffen. Eine Welle der Teilnahme schlug durch den Saal. Doch der Staatsanwalt warf sich dieser Gemütsaufwallung entgegen. Er stand wieder auf seinem Platz.

»Herr Vorsitzender,« rief er mit schneidender Stimme, »ich bitte Sie, nun endlich diesem Unfug zu steuern.«

Der Vorsitzende bedurfte dieser Rüge nicht mehr. Auch seine großzügige Geduld war erschöpft. Er hatte weit über Gebühr die Zügel der Verhandlung schleifen lassen. Was wollte dieser Mensch eigentlich? Er hatte doch, weiß Gott, schon genug Reklame. Er würde wegen Totschlags mit mildernden Umständen einige Monate Gefängnis unter Zubilligung einer Bewährungsfrist erhalten. Basta. Wozu machte dieser Tor solche weiten unsinnigen Umwege? Energischer und schärfer als zuvor warnte er:

»Angeklagter, ich muß Sie zu meinem Bedauern unterbrechen. Sie müssen nun endlich zur Sache sprechen. Sie – –«

»Ich spreche zur Sache.« Wieder entriß ihm Heise das Wort. »Ich tue nichts, als zu der Sache sprechen, für die ich lebe und gelitten habe. Es ist die einzige Sache, die mir am Herzen liegt, Herr Präsident. Nur ihretwegen stehe ich hier. Sonst hätte ich es nie zu dieser Verhandlung kommen lassen. Hier wollte ich stehen, vor diesem Publikum, vor der großen Presse von Berlin, vor der Öffentlichkeit meines Vaterlandes. Nicht für mich stehe ich hier. Für uns alle, uns Jungen, die wir verhungern müssen, weil keiner es mit uns wagt. Für uns alle stehe ich hier und spreche ich hier. Ans Herz meines Volkes will ich herankommen und vor ihm als Richter – vor ihm allein – will ich singen.«

Der Präsident rief heftige Worte.

Doch Heise ließ sich nicht mehr halten. Er hatte alle Segel gesetzt und fuhr mit gutem Wind.

»Meine Damen und Herren,« überschrie er den Präsidenten, »lassen Sie mich nicht mundtot machen. Dulden Sie diese neue Entrechtung nicht! Lassen Sie mir nicht diese Chance rauben, die nie wiederkehrt!«

»Schweigen Sie sofort!« Der Vorsitzende stand drohend. Das Publikum gischtete auf vor Erregung, Teilnahme und Freude am Ungewöhnlichen. Alle, alle begriffen sie nun, worum es ging.

»Hören! Ihn anhören,« riefen belustigte und ernste Stimmen durcheinander.

»Ruhe!« wetterte der Präsident.

Berliner Radaustimmung und Freude am Ulk erwachte.

»Singen! Anhören!« In dem Lärm waren viele helle Töne. Lust am Unfug und ehrliche Hilfsbereitschaft geisterte auf. Nie hatte ein Berliner Gerichtssaal eine solche Szene gesehen.

»Herr Präsident, Sie sehen doch, sie wollen mich hören,« schrillte Heises Tenor überanstrengt durch den Tumult, der so urplötzlich losbrach, daß er den gewandten Vorsitzenden überraschte und überrumpelte. »Ich singe Ihnen das Abschiedslied Baras aus dem Columbus.«

Und ehe jemand eingreifen, hindern, ihm den Mund stopfen konnte, wurde das Tribunal zur Szene. Frühlingshaft, lerchenhell stieg Peter Heises junger naturfroher Tenor zur Decke des Gerichtsaals empor.

Nach Westen geht die kühne Fahrt,
Zu Asiens Gestaden – –

Eine beglückende Akustik half ihm. Die Stimme siegte über die vom Staunen erstickten Laute der Empörung der Gerichtspersonen. Sie waren vor Bestürzung und Überraschung ob dieses Ungeheuerlichen, Niegeschehenen, Staatswidrigen gelähmt und erschlagen. Das Publikum schwieg und lauschte in Erwartung, in Spannung, in aufrichtiger Kritik, in Freude und Gaudium am Verrückten, am Originellen.

Die Stimme wuchs und schwoll an, getragen von unbeugsamen Willen und zähem Fanatismus des Sängers.

Nur wenige Augenblicke blieben ihm. Nur die kurze Spanne Zeit die der Vorsitzende brauchte, sich von seiner Verdutzheit, seiner stupenden Verblüffung über diesen unverschämten Überfall zu erholen. Doch diese kurzen Augenblicke schwelgte die Volksliedstimme und ihr hinreißender Schmelz.

Dann donnerte der Vorsitzende los: »Ruhe. Schweigen Sie! Schweigen Sie sofort.«

Doch jetzt war das Publikum entzündet, zur Revolution aufgeputscht. Es wehrte sich, rebellierte.

»Weiter singen! Singen lassen! Mehr hören!«

Die hellen Stimmen führten den Chor des Aufruhrs. Heise sang, sang hinein in die Revolte.

Der Präsident schwang die Glocke. Heise sang das Abschiedslied. Das Publikum stob auf von den Sitzen. In den Damen von Berlin erwachte die Auflehnung, die allen Frauen im Blut liegt. Sie benahmen sich zügellos wie ihre Schwestern von anno 1789, die als Erste zum Sturm auf die Bastille angetreten waren.

Da brauchte der Vorsitzende Gewalt. Auf seinen Wink packten die beiden Justizwachtmeister, die neben der Anklagebank saßen, den kühnen Sänger, rissen ihn zurück, vergewaltigten seinen Mund mit ihren groben Händen, verstopften die Quelle dieser ungeheuren Verletzung der Würde des Gerichts.

Er wehrte sich mit seinen Seemannskräften. Das Publikum schrie, tobte, wütete. Erhitzte, verzerrte Gesichter drohten, weit aufgerissene Frauenlippen kreischten, entfesselter Geist der Auflehnung meuterte gegen den Richtertisch.

Draußen auf der Straße wußte man alles. Sturm sprang auf. Kaum konnte die Polizeikette den Anprall der Masse hemmen, die sich den Weg in das Gerichtsgebäude erzwingen wollte. Gummiknüppel wüteten.

Die Glocke des Präsidenten bellte durch den Saal. Langsam legte sich der Sturm. Nur einzelne Frauenstimmen zeterten noch hysterisch, irr nach.

Die Wachtmeister hatten den Angeklagten gebändigt. Er lag niedergekämpft auf der Bank.

Endlich fand die Stimme der Vorsitzenden Weg und Gehör.

»Setzen,« rief er etwas kurzatmig noch, doch ruhig und gefaßt. »Sofort alles hinsetzen!«

Zögernd, doch im Banne dieser beherrschten Stimme, glitten die Körper auf die Sitze zurück. Wie eine Welle, die sich überschlägt und verrinnt. Keuchend stieg der Atem der Masse auf. Von den geröteten Gesichtern, den heißen Körpern dampfte eine feuchte Hitze empor.

»Wenn aus dem Publikum noch *ein* Laut des Beifalls oder des Mißfallens hörbar wird, laß ich den Zuschauerraum räumen. Unweigerlich. Sofort.«

Die Stimme war entschlossen, hart, unerbittlich. Jeder wußte, es war keine leere Drohung. Dann wandte der Vorsitzende sich der Anklagebank zu.

»Lassen Sie den Angeklagten wieder vortreten,« befahl er gelassen, als wäre nichts besonderes geschehen.

Die Beamten gaben Heise frei. Mit verwirrtem Haar, zerknittertem Schlips, zerdrücktem Kragen trat er, den zerzausten Anzug mit kurzen Schulterbewegungen um sich raffend, an die Barriere der Anklagebank. In seinem Gesicht rangen Triumph und Zweifel.

»Angeklagter,« sagte der Präsident leise, aber scharf, »Sie haben die Würde dieser Stätte in frevelhafter Weise verletzt. Wenn –«

Wieder unterbrach ihn Heise.

»Das tut mir aufrichtig leid, Herr Präsident. Aber Not kennt kein Gebot. Ich mußte hier singen.« Und mit jäher Drehung an das Publikum sich wendend, rief er naiv:

»Haben Sie genug gehört? Können Sie sich schon ein Urteil bilden? Oder soll ich noch mehr singen?«

»Weiter singen! Mehr singen!« riefen einige Damen, unbelehrbar, wie Frauen sind.

»Der Zuschauerraum wird geräumt. Ich unterbreche die Sitzung auf eine halbe Stunde. Der Angeklagte ist abzuführen.«

Allem Murren, Klagen, Versprechen, Geloben, allem tätlichen Widerstand zum Trotz, drängten Schupomänner und Gerichtsbeamte die Damen und Herren hinaus, fort von den teuer erstandenen Plätzen. Mit fieberroten, entpuderten, vor Erregung fleckigen Wangen flüchteten die Damen aus der Welt der Snobs, der Bühne, des Geldes auf den Platz des Löwen, in die Straße »Alt Moabit«, zum Parkplatz ihrer Limousinen.

14

Direktor Buchner und seine Schar hatte diesen ersten Teil der Moabiter Tragikomödie nicht im Saal, sondern vom Gerichtsflur aus miterlebt. Als Zeugen hatten sie vor Beginn der Vernehmung des Angeklagten die Sitzung verlassen müssen. Doch der Beamte an der Pforte des Saales duldete, daß sie durch einen kleinen Schlitz der angelehnten Tür die Vorgänge verfolgten. Es war nicht ganz in der Ordnung, gewiß, aber heute war ein besonderer Tag und Fall. Manches von dem, was heut da drinnen vorging, entsprach auch nicht der geheiligten ehrwürdigen Ordnung anderer Gerichtstage.

An der Tür zusammengeballt, sah und hörte das Ensemble des »Columbus« Peter Heises Ansprache an das Publikum. Buchner lauschte in Staunen und Zorn. »So ein verrückter Kerl,« murrte er, »ist ja alles garnicht wahr.« Die Arrivierten unter seinem Gefolge – außer Jo und Fatma – stimmten dem Chef bei. Wer oben steht, vergißt sehr rasch die Wege, die ihn zur Höhe geführt haben. Die Unberühmten aber, die niemals Berühmten, diejenigen, die nie über die kleinsten Rollen hinauskamen und die Andern, die, wie Heise, zur ewigen Gefangenschaft im Tartarus des Chors verdammt waren, wurden begeistert, elektrisiert und spendeten ihrem Vorkämpfer und dem Herold ihrer Not oft so hingerissen Beifall, daß der Türhüter ängstlich und beschwichtigend den Durchlug-Spalt schloß.

Fatma stand abseits von den andern, mit einem verlorenen Lächeln um die Lippen. Sie hörte nur den Klang der Stimme, die metallisch blank bis zu ihr hinausdrang. Was Heise sagte, war ja gleich. Wie er sich verteidigte, war ohne Belang. Sie liebte ihn, und er liebte sie. Die Kraft dieser märchenhaften, geheimnisvoll aufgesprungenen Liebe würde ihn retten, für sie. Dann würde sie ihm alles vergelten, was er getan hatte an ihr, für sie. Es war ihr, als habe sie nie zuvor geliebt. Eine reiche Fülle der Zärtlichkeit war noch in ihr, unverbraucht, nie gefordert, nie gespendet, deuchte sie. In diese Unerschöpflichkeit wollte sie den Mann, der dort drinnen im Gerichtssaal laut und fiebernd sprach, einhüllen, einlullen, mütterlich und leidenschaftlich.

Sie war weit getrennt von allen Kollegen, obwohl sie dicht bei ihnen stand. Seit dem verhängnisvollen Abend der Premiere hatte sich eine Mauer aufgebaut zwischen ihr und den Andern. Zuerst, als ihre Beziehungen zu Heise enthüllt wurden, hatte Neugier und Verwunderung sie mit Fragen und Aufdringlichkeit bestürmt. Man hatte doch nie etwas gewußt, nichts zwischen ihnen bemerkt! Sowas! Fatma war ausgewichen, hatte sich in sich zurückgezogen, sich gegen die Außenwelt verkapselt, jede Auskunft gemieden. Das, was zwischen Heise und ihr erblüht war, war viel zu eigen, zu unsagbar, zu geheimnisvoll und zu unberührbar. Es war nichts für den Alltag und die Menge. Dieses Wunder gehörte ihm und ihr allein.

Da wandte man sich enttäuscht und verärgert von dieser »Geheimniskrämerin« ab. Man hatte es doch nur gut gemeint. Man wollte doch nur seine Teilnahme und Zugehörigkeit beweisen. Man ließ sie in Ruh. Und Fatma Nansen lebte das Traumleben ihrer letzten Liebe weiter, in sich gehüllt, in sich versponnen, bis der Tag des grausamen grellen Erwachens für sie kam.

Jo hatte nie mit ihr gesprochen. Dazu war sie viel zu feinfühlend und zu diskret. Und doch hatte es sie nach ihrem Besuch im Untersuchungsgefängnis in Moabit mit fast unwiderstehlicher Gewalt dazu gedrängt und getrieben. Ihr angebornes Taktgefühl hatte immer wieder der Versuchung widerstanden.

Sie war jetzt an sich, an Heise, an allem irre geworden. Sie begriff nicht, warum er damals, als sie zu ihm gekommen war, so kühl, so fern und so fremd zu ihr gewesen war. Der Gedanke kam ihr nicht, daß er es tat, um ihre Liebe vor der Welt zu verbergen, solange er ein Nichts war, daß er es tat aus Angst, sie als seine Braut – so etwas war sie doch wohl gewesen – in den Mordprozeß zu verwickeln.

Ihr bestürztes Suchen nach einem plausiblen Grund für sein unverständliches Verhalten fand ihn nur in seiner Beziehung zu Fatma. So sehr sie sich auch gegen diesen Glauben sträubte, so verächtlich sie zuerst diese Mythe als baren Unsinn von sich gewiesen hatte, es gab keinen andern Anlaß für die Wandlung, die in ihm vorgegangen war. Er liebte Fatma, hatte sie wohl immer schon geliebt, hatte mit ihr selbst nur sein Spiel getrieben – doch – doch – hatte sie nur ausgebeutet, hatte sie ausgenutzt, trotz seines Getus und seiner großen Sprüche und seiner Abwehr, Hilfe von ihr anzunehmen. In jener entsetzlichen Nacht hatte er endlich die Maske des Mannes, der von einer Frau nichts annehmen kann, rücksichtslos abgeworfen. Da hatte er sie trotz ihres Grauens, trotz ihrer tödlichen Erschöpfung nach der Premiere gezwungen, mit ihm die Nacht hindurch zu probieren.

Wenn ihre anklagenden Gedanken bis hierher vorgedrungen waren, scheuten sie und brachen aus. Ja, warum hätte er sie nicht bitten sollen, mit ihm zu proben! entschuldigte sie ihn. Er mußte doch proben. Er wollte am andern Morgen die Rolle beherrschen. An wen sollte er sich wenden, wenn nicht an die Frau, die – ja, warum in aller Welt hatte er sich nicht an Fatma gewandt? Warum? Rätsel, Ungewißheit standen auf und glitten hinüber in den großen letzten Zweifel, ob denn sie ihn noch liebe.

Es war ein unlösbares Wirrsal für das junge Geschöpf. Sie fand keinen Ausweg aus diesem Labyrinth von Wahnwitz, Untat, Besessenheit und betrogener und verscheuchter Liebe. Sie war heute zum Gericht gekommen in einer zitternden Furcht vor Gewißheit und einem kleinen flackernden Hoffen auf Lösung und Erlösung.

Sie hörte Peter Heises Proklamation an sein Volk. Und ihr Herz und ihre Begeisterung flogen ihm zu.

Sie war durch ihren raschen, mühelosen Erfolg ein Beispiel dafür, gewiß ein seltenes, daß ein gütiges Geschick seinen erkorenen Lieblingen bisweilen einen kampflosen Aufstieg schenkte. Aber im Grunde hatte er tausendmal recht. Sie war durch ihren reibungslosen Weg hinauf nicht blind und hart und hochmütig geworden. Eher demütig, im Bewußtsein und Gefühl einer unverdienten Gnade. Sie wußte, wie viele Hunderte ihrer Kollegen vergeblich gegen diese eherne Mauern anrennen, hinter denen das Paradies des Ruhms und Erfolgs liegt. Sie wußte, wie viele blutige Schädel an diesen Mauern kleben. Tausendmal hatte er recht, in allem, was er da mutig, selbstsüchtig für sich, gewiß, aber auch für die Brüder und Schwestern hinaus schrie.

Das war er. Ihr Peter. Genau so hatte er damals gesprochen an dem Tage, an dem sie ihn vor dem Theater erwartet hatte und mit ihm durch den eisigen Tiergarten gegangen war. Sie sah ihn wieder vor sich in seinem ausgewaschenen dünnen Sommermäntelchen. Genau so hatte er damals gesprochen, nur persönlicher, leiser, hatte nicht als Fanfare der Not sein und der Anderen Elend in die Öffentlichkeit hinausgeschmettert.

Sie stand am Spalt der Tür und sah ihn und begriff ihn und klatschte mit dem Chor der Namenlosen seinen Worten begeistert Beifall.

»Aber – aber!« flüsterte der Wachtmeister und schloß hastig die Tür.

Da – da plötzlich riß er sie selbst wieder auf. Etwas geschah, was noch nie geschehen war, solange der Justizpalast in Moabit stand. Gesang erscholl. Gesang im Gerichtssaal. Der Angeklagte sang. In seiner Verblüffung riß der Beamte die Tür weit auf. So wurde das gesamte Personal des »Columbus« Zeuge dieser denkwürdigen historischen Szene.

»Donner und Doria,« murmelte Buchner, »der Mensch hat ja eine fabelhafte Stimme!«

Fatma blickte in den Saal, entrückt, selbstvergessen, das verlorene Lächeln um den armen Mund mit den tiefen Runen ihrer leidenschaftlichen Vergangenheit.

Jo erging es wunderbar. Nie zuvor war ihr dieser Mann von der Insel Sylt so – so weltfremd, so Don Quichotehaft erschienen wie in diesen kurzen Augenblicken, in denen er das Abschiedslied des Columbus sang, in denen er seine Stimme, sein Können, sich, sein Leben, seinen Ehrgeiz, seinen fanatischen Willen zu gelten, zu wirken, in dieses Lied zusammengeballt, dem Publikum hinschleuderte. Ein grenzenloses Erbarmen, ein erstickendes Mitleid quoll in ihr auf. Alles andere war vergessen und vergangen. Nie gewesen. Nur das weite große erschütterte Muttergefühl schluchzte in ihr empor. Es war ihr, als müsse sie hineilen in den Saal, zur Anklagebank, diesen armen zerquälten Menschen an sich ziehen, seinen irren Kopf an ihrer Brust bergen, ihn sänftigen und streicheln, ihn schützen gegen die rauhe böse Welt der Wirklichkeit, die er nicht sah, nicht kannte, nicht begriff. Als müsse sie diesen armen reinen Tor mit ihrem Leib beschirmen gegen das Ungemach, das ihn bedrohte.

Sie weinte, ohne daß sie es wußte. Sie liebte Peter Heise wieder stärker und selbstloser, geläuterter und opferbereiter, als sie ihn ehedem geliebt hatte. Liebte ihn kritiklos, wie wahre Liebe liebt. Liebte ihn mit allen seinen Fehlern und Schwächen und Makeln. Liebte ihn doppelt und dreifach wegen dieser Mängel und Hilflosigkeit. Fragte nicht mehr nach seiner Gegenliebe, liebte ihn und gehörte ihm, weil er der Mann war, er allein, zu dem es sie hintrieb, für den sie geschaffen war, ziellos, zwecklos, wie die große, einmalige, alles bezwingende Liebe ist.

Dann brach der Strom aus dem Saale. Zornig sprudelte die Flut auf den Korridor heraus. Die Zeugen wurden zurückgeworfen, flüchteten. Von den Zuschauern blieben nur wenige zurück. Alles war überzeugt, jetzt würde die Öffentlichkeit ausgeschlossen werden.

Unter den Unverzagten, die zurück blieben, war Viola Windal. Sie wollte abwarten, was geschah. Sie wollte sehen, was aus diesem Chaos wurde. Ihr romantischer Sinn feierte Orgien. Herrlich war es gewesen. Nie erhofft, nie erlebt. Und klug war er, raffiniert. Heute hatte er sich den Weg zu einer beispiellosen Karriere gebahnt. Wenn er frei war, freigesprochen, begnadigt, was wußte sie, aber frei würde er sicher werden, dann würde sie den Weg zu ihm finden. Ihn beraten, ihn führen, ihn – verführen, dachte sie und fühlte Schauer über ihren Körper rieseln.

15

Inzwischen berieten der Vorsitzende, Beisitzer, Schöffen und Staatsanwalt. Der Verteidiger redete im vergitterten Warteraum der Angeklagten auf seinen störrischen Klienten ein. Heise hörte ihn kaum. Er grübelte nur verbohrt über Erfolg oder Fiasko seines Auftritts.

Der Präsident erwog: der Würde des Gerichts war Genüge geschehen, die Disziplin des Zuschauerraums war gewahrt, die Drohung ausgeführt worden. Das feine Publikum, das gegen den Stachel seiner Sitzungspolizei gelöckt hatte, war entfernt worden, war zornig abgefahren, würde nicht wiederkehren. Es schien nicht ratsam, die Verhandlung mit diesem Monomanen unter Ausschluß der Öffentlichkeit zu führen. Es war gut, wenn das Volk sah, was hier vorging, wie dieser »Held von Berlin« sich vor Gericht aufführte.

»Ein sonderbarer Heiliger,« erwog der Vertreter der Anklage. »Wo alles so klar zu seinen Gunsten liegt!«

Die allgemeine Stimmung ging dahin, jedenfalls nicht hinter verschlossenen Türen zu verhandeln. Bei diesem rabiaten Niederdeutschen war noch manche Überraschung zu gewärtigen. Lieber die breiteste Öffentlichkeit zum Zeugen der Vorgänge heranziehen.

Dieser Prozeß hatte in Berlin und im ganzen Lande zu heftige Teilnahme erregt. Ausschluß der Öffentlichkeit mit immerhin fraglicher Verankerung im Gesetz konnte die Revision begründen. Auch konnte es als ein Ohnmachtszeugnis des Vorsitzenden ausgelegt werden, als ein Zeichen seiner Schwäche und Unfähigkeit gelten, der Macht des Staates Achtung zu erzwingen.

»Also gut,« entschied der Präsident, »stellen wir die Öffentlichkeit wieder her. Aber jetzt können der Angeklagte und das Publikum sich auf allerhand gefaßt machen.«

Er warf die weiten Ärmel der Robe energisch zurück.

Vor den Toren des Justizpalastes standen die Neugierigen und berieten die erregenden Vorgänge. Da unversehens – unverhofft, rief einer der Schupos – ein Höherer – etwas in die Menge. Alles hörte gierig bin.

»Die Öffentlichkeit in der Strafsache Heise ist wieder hergestellt!«

Eine neue Springflut rollte heran, brach hinein in das Tor, wälzte sich die beiden Treppen hinauf, quoll hinein in den Sitzungssaal.

Viola Windal begriff sofort, worum es ging. Sie ließ sich von der Flut mitreißen, wurde in eine der vordersten Sitzreihen hineingespült. Befriedigt blickte sie um sich. Vorn im Bezirk des Richtertisches war noch alles leer. Nur einige Beamte standen wartend und aufgeregt umher. An der Pforte zum Zuschauerraum gurgelte die Menschenflut, staute sich an den Türpfosten, stockte, brandete, wirbelte weiter wie ein Gebirgsbach vorbei an hemmenden Felsblöcken. Dann plötzlich versickerte der Zustrom. Unten auf der Straße hatte die Polizeikette wieder mit ihren sperrenden Leibern einen Staudamm gegen die Herandrängenden erbaut.

Der Zuschauerraun war bis zum letzten Platz besetzt.

Das Gericht erschien. Der Angeklagte wurde vorgeführt, die Sitzung wieder eröffnet.

Ernste warnende Worte richtete der Präsident an dieses neue, in seiner äußeren Erscheinung schon völlig anders geartete Publikum. Das war das wahre Volk von Berlin, die werktätige Bürgerschaft, der noch Achtung und Ehrfurcht vor dem Pomp des Schwurgerichts im Gemüt lebte. Er drohte, er würde bei der geringsten Störung sofort wieder den Saal räumen lassen. Unweigerlich. Er hoffe aber, daß dieses Publikum die Hoheit der Stätte wahren und ihm und sich, in Vernunft und Anstand, die äußerste Maßregel ersparen würde.

Die Menge schwieg willig und gefügig.

Denn wandte der Vorsitzende sich dem Angeklagten zu.

Peter Heise war nervös und unsicher. Er irrte unstet einher zwischen dem Glauben an seinen Sieg und dem Bangen vor einem Mißerfolg seines Aktes der Selbsthilfe. Hatten die Leute und die Presse auch genug gehört? War seine Stimme genügend zur Geltung gekommen? Hatten sie sich ein Urteil bilden können über seine Fähigkeit? Würde Publikum und Presse nun durch ihre Macht Buchner zwingen, ihm abwechselnd mit dem neuen Columbus Baras Rolle übertragen?

Verzweifelte Fragen, Nöte, Ungewißheiten, aus denen der Vorsitzende ihn unsanft aufstörte. Gleich zu Beginn erfolgte ein neuer Zusammenstoß zwischen Angeklagtem und Verhandlungsleiter.

Ruhig und sachlich sprach der Präsident:

»Nach reiflicher Überlegung bin ich zu der Überzeugung gelangt, daß Sie aus sehr falschen und gefährlichen Motiven hier vor uns den ›wilden Mann‹ gespielt haben. Sie sollten –«

»Ich – den wilden Mann spielen?!« rief Heise entgeistert. »Aber Herr Präsident, warum sollte ich hier den Verrückten spielen? Im Gegenteil. Ich möchte hier so gesund als möglich erscheinen. Nur eins quält mich entsetzlich. Etwas möchte ich gern wissen.«

Und mit der kindlich ahnungslosen Harmlosigkeit seiner Künstlerseele fragte er treuherzig:

»Können Sie meine Stimme und Darstellerfähigkeiten schon vollkommen beurteilen?«

Ehe der Vorsitzende entgegnen konnte, stand der Verteidiger. Es schien ihm nach dieser neuen Probe der Geistesverfassung seines Mandanten doch besser, die Verhandlung abzubrechen. Die Vertagung zu erzwingen. Der Mann war tatsächlich nicht normal. Wer konnte voraussehen, was er noch anrichtete.

»Herr Vorsitzender,« rief er, »ich beantrage, die Sitzung zu vertagen und den Angeklagten zwecks Untersuchung seines Geisteszustandes einer Irrenanstalt zu überweisen.«

Heise wandte sich, ins Herz getroffen, seinem Verteidiger zu.

»Was sagen Sie?« stammelte er. »Mich wollen Sie einer Irrenanstalt überweisen? Sie wollen mein Verteidiger sein? Sehen Sie nicht, daß Sie mir alles vernichten, was ich mir heute hier errungen habe!« Er drehte sich dem Richtertisch zu. »Hören Sie nicht auf ihn, Herr Präsident! Ich lehne ihn ab. Ich weigere mich, mich von ihm verteidigen zu lassen. Ich brauche keinen Verteidiger. Ich –«

Jo sah nicht diese neue Verzweiflung des Geliebten. An der Tür stand jetzt ein anderer Wachtmeister, der jeden Einblick der Zeugen in den Gang der Verhandlung verhinderte. Sie ging von Angst und Sorge gehetzt auf und nieder in dem hallenden Korridor.

Fatma saß still und verzückt lächelnd auf einer Bank.

»Aber, Heise, regen Sie sich doch nicht so auf!« beschwichtigte der Vorsitzende. »Es liegt doch ganz in Ihrer Hand, ob wir den Antrag Ihres Herrn Verteidigers, den Sie kraft Gesetzes haben müssen, berücksichtigen oder nicht. Wenn Sie sich jetzt vernünftig aufführen, können wir uns selbst ein Urteil über Ihren geistigen Zustand bilden. Wollen Sie nun ruhig und ohne Umschweife auf meine Fragen antworten?«

Heise war vernichtet und geschlagen. Wieder erhob sich gegen ihn die grausame Hand des Schicksals, das immer gegen ihn war. Jetzt wo er vielleicht doch – vielleicht doch das Publikum und die Berliner Presse gewonnen hatte, wollten sie ihn im Irrenhaus unschädlich machen. Nein, nein. Der Streich sollte ihnen nicht gelingen. Er wollte sich zusammennehmen, alles beantworten. Ruhe! Ruhe! Ihnen keine Gelegenheit mehr bieten, ihn mundtot zu machen. Wer diese »sie« waren, wußte er wohl selbst nicht. Alle waren es, die den jungen strebenden Menschen den Aufstieg wehren, alle diese Verschworenen, die selbstsüchtig den Erfolg hüten.

Ach, es lief alles so anders, als er es sich in den langen Tagen und Nächten im Gefängnis tausendmal vorgestellt, ausgedacht, durchgeprobt hatte. Ganz anders, verzweifelt anders. Aber vielleicht war doch noch nicht alles verloren. Sie hatten ihn gehört, man würde über seine Stimme schreiben, sprechen. Er hatte nicht schlecht gesungen. Das wußte er. Hatte alles hingegeben an Kraft, Schulung, Metall, Seele, Gefühl, das in ihm war. Vielleicht – – Ruhe, Ruhe, sich fügen, vernünftig sein.

Wie ein gescholtenes Kind, das geweint hat und noch bitterlich nachschluchzt, sagte er kläglich willig:

»Ich will alle Ihre Fragen beantworten, Herr Präsident.«

»Gut, Heise. Sehr klug von Ihnen. Dann wird sich sehr rasch alles klären. Es ist doch nur zu Ihrem Besten.«

Der Vorsitzende lehnte sich behaglich über den Richtertisch vor. Jetzt war die Verhandlung endlich im rechten gewohnten Fahrwasser. Jetzt begann sie im Grunde erst.

»Wollen Sie nicht ein umfassendes Geständnis der Tat ablegen, Heise? Sie haben vorhin in Ihren – etwas wirren Darlegungen –« der Landgerichtsdirektor lächelte besänftigend und versöhnend – »doch gewissermaßen schon zugegeben, daß Sie Bara getötet haben, haben Ihre Tat lebhaft bedauert und –«

Hier endeten Peter Heises treffliche Vorsätze. Er wollte ruhig sein, gefügig, vernünftig. Aber zum Mörder konnte er sich aus purer Fügsamkeit doch nicht stempeln lassen. Das ging entschieden zu weit. Das konnte keiner von ihm verlangen.

Er rief verdutzt:

»Aber ich habe doch nichts zugegeben? Wie kann ich zugeben, daß ich Bara getötet habe? Dann wäre ich ja wirklich reif fürs Irrenhaus.«

Der Vorsitzende gab die behagliche Stellung auf. Er zog die Arme an sich und richtete sich steif empor.

»Wollen Sie etwa behaupten, Sie hätten Bara nicht getötet?« fragte er streng.

»*Ich* soll Bara getötet haben?!« entsetzte Heise sich.

»Sie haben doch vorhin laut und deutlich erklärt, der Tote täte Ihnen leid, aber da er doch einmal tot wäre, wollten Sie seine Rolle haben.«

»Was hat das mit dem Mord zu tun?«

Die Schöffen rückten ärgerlich auf ihren Plätzen umher. Ein schwieriger Mensch und ein dummer zugleich. Statt den Mord zuzugeben und zu sagen: ich habe es für eine Frau, für Fatma Nansen, getan. Jeder wußte es doch. Dann war alles gut und erledigt. Ein Tolpatsch sondergleichen!

Der Vorsitzende versuchte es von Neuem.

»Heise, so hören Sie mal vernünftig her. Geben Sie doch ruhig die Tötung zu. Ob es ein Mord oder Totschlag oder vielleicht sogar nur Notwehr war, werden wir später schon eingehender untersuchen. Geben Sie zunächst nur zu, was ohnehin durch einwandfreie Beweise feststeht, daß Sie in Baras Gardrobe gegangen sind und ihn aus irgendeinem näher zu erörterndem Grund mit der Broncebüste Fatma Nansens erschlagen haben.«

Er rief den Namen der Sängerin laut heraus, dem Tölpel von Angeklagten endlich den Köder hinzuwerfen, an dem seine Freiheit und sein Leben hing. Sapperlot, wenn er nur endlich danach schnappen wollte!

Doch Heise schnappte nicht. Er begriff nicht. Er brachte nicht das Stichwort, auf das alle warteten. Er war es nicht gewesen. Sie sollten doch endlich aufhören, ihn mit diesem Unsinn zu quälen.

»Ich bin es nicht gewesen,« wehrte er sich matt und unselig.

Eine Unruhe durchschütterte die Zuhörerreihen. Jede kleine Tänzerin begriff, wie töricht der Mann sich verteidigte. Unverständlich, ganz unverständlich, daß dieser Tropf aus Liebe zum Helden und Mörder geworden war. Er enttäuschte schändlich.

»Sie bleiben also bei Ihrem Leugnen?«

Der Präsident stellte ein ärgerliches Ultimatum.

»Aber ich war es doch nicht!« verzweifelte Heise über so viel Hartnäckigkeit und aufdringlichen Unverstand.

Der Verteidiger griff ein. Er wandte sich seinem renitenten Klienten zu, wollte ihm etwas einflüstern. Doch der Mandant wollte von diesem Menschen, der drauf und dran gewesen war, ihn ins Irrenhaus zu bringen, nichts mehr hören. Er wehrte sich:

»Lassen Sie mich in Frieden. Ich bin es nicht gewesen. Was wollen Sie denn alle von mir?«

Dem Anwalt wurde unbehaglich. Ein peinlicher Klient, dieser Chorist, über dessen Verteidigung er heimlich hochbeglückt gewesen war. Alle berühmtesten Verteidiger von Berlin hatten ihn um diese sensationelle freispruchsichere Verteidigung beneidet. Und nun lief auch für ihn alles anders, als er es sich gedacht und ausgemalt hatte. Er war in eine verteufelt verzwickte, fatale Lage geraten. Statt leichte Lorbeeren, sicheren Triumph zu ernten, spielte er eine blamable, fast lächerliche Rolle mit diesem Klienten, der ihm in öffentlicher Sitzung das Vertrauen entzog. Zum Verzweifeln, dieser geistesschwache Mensch!

Auch im Publikum wuchs die Mißstimmung. Der Sänger war zu blöd. Das war der Mann, den alle Frauen vergötterten, den die Stimme des Volkes als Troubadour, als Ritter ohne Furcht und Tadel gefeiert hatte? Na!

Der Präsident lehnte sich jetzt in seinen Paradesessel zurück, als wollte er sich auf eine neue, kraftraubende Anstrengung vorbereiten.

»Also Sie leugnen,« stellte er kalt und unpersönlich fest. »Dann müssen wir eben die Vorgänge sorgfältig durchleuchten. Geben Sie zu, am Tage des Mordes während der Vorstellung den Tenor Bara geschlagen zu haben?«

»Das gebe ich zu. Das heißt, geschlagen habe ich ihn nicht, nur gepackt und hingeschleudert.«

Bewegung. Der Staatsanwalt notiert emsig.

»Weshalb haben Sie das getan?«

Der Vorsitzende wird wieder persönlicher, menschlicher.

Er will das Geständnis erschleichen.

»Weil – –« Zu großer Fahrt hatte Heise losgeworfen. Da stockte er. Warf schleunigst Anker.

Auf seine Verteidigung hatte er sich nicht vorbereitet. Die Anklage interessierte ihn nur insoweit, als sie ihm Gelegenheit bot, vor dem Publikum und der Presse des Justizpalastes zu erscheinen. Alles andere war ihm unwichtig, berührte sein Leben, seine Zukunft, Jo, seine große Karriere nicht.

Doch jetzt mußte er antworten. Sofort. Gleich. Völlig unvorbereitet, aus dem Handgelenk. Was sollte er sagen? Daß er in Jos Garderobe, daß er eifersüchtig auf Bara gewesen sei, daß er ihn aus Jos Garderobe hinausgefeuert hatte? Unmöglich. Damit verriet er, wie Jo zu ihm stand. Damit zerrte er sie hinein in diesen Prozeß, der immer verworrener und drohender verlief. Niemals. Keiner wußte, daß er damals in ihre Garderobe eingeladen war. Auch in der Kantine wußten sie es nicht. Er würde es nicht verraten. Niemals.

Darum stoppte er jäh ab in seiner großen Fahrt – zögerte – zog die Segel ein, drehte bei. Und bekannte im Bewußtsein einer Unmöglichkeit: »Das kann ich nicht sagen.«

Der Verteidiger lächelte unmerklich über seinen Akten. Endlich kam dieser verfahrene Karren ins rechte Gleis.

Auch der Vorsitzende, die Beisitzer, die Schöffen, der Staatsanwalt, die Justizwachtmeister sehen diese Wendung zum Guten. Ein allgemeines Wohlwollen strömt auf, umwittert die Anklagebank. Endlich hat dieser dumme Kerl sich gefunden. Endlich merkt er, worauf es allein ankommt. Endlich hat er die Fährte aufgenommen, die zur milden Beurteilung seiner Tat, vielleicht zum Freispruch führt. Jeder weiß, er hat, um die schöne vornehme Fatma Nansen zu rächen, diesen Schurken Bara zuerst angefallen und später in seiner Gardrobe erledigt. Eine grausame, aber chevalresk vergeltende Tat für Fatma Nansen und die vielen Frauen, die der berühmte Sänger verraten und gedemütigt hatte.

Und jetzt treibt er die Ritterlichkeit so weit, den Namen der Dame zu verschweigen, für die er sich geopfert hat. Er will sie schonen, sie aus dem Spiel lassen. Kann er, kann er getrost und ohne Risiko. Der Präsident, ganz Berlin weiß, für wen er eingetreten ist. Sein Edelmut ist billig, aber hübsch.

Schon verleiht der Vorsitzende dem allgemeinen Empfinden milde Worte. Gottlob, jetzt ist die Verhandlung dort, wo sie hätte beginnen müssen.

»Sie wollen nicht sagen, weshalb Sie Bara zuerst angegriffen haben? Dieses Zartgefühl ehrt Sie und ehrt die Dame. Ihr Schweigen ist umso mutiger, als es Ihnen nur Nachteile bringen kann. Doch zum Glück kennen wir die Dame und die Gründe, aus denen Sie so hochherzig gehandelt haben.«

»Sie kennen die Dame?« schreit Heise unbeherrscht auf. Ist Jo doch verraten?

Donnerwetter, ist das ein brillanter Schauspieler, durchfährt es den Präsidenten. Und alle denken ähnlich.

»Allerdings,« lächelt er. Und ruft dem Justizwachtmeister zu:

»Lassen Sie die Zeugin Frau Fatma Nansen eintreten.«

Peter Heise atmet wieder. Also doch nicht. Nichts wissen sie. Keiner ahnt etwas. Wieder dieses alte aufgewärmte Märchen von der Altistin! Ein Hexenkessel von Verdrehtheit und Umkehrung aller Begriffe ist dieser verrückte Prozeß.

Er faßt die Barriere und dehnt sich wohlig entlastet in den Armen. Beinahe hätte er in seiner unbedachten Liebe Jo verraten.

An diese Fabel von Fatma Nansen hatte er wahrhaftig nicht mehr gedacht. In Zukunft wird er die Gedanken besser hüten und die Worte.

Jetzt kommt der Höhepunkt des Prozesses. In eine Dunstatmosphäre von Neugier, Erwartung, Boudoirlüsternheit, Zuneigung, Mitgefühl, warmer Sympathie tritt die schöne reife Frau. Die Damen mustern zuerst mit kritischen Augen ihre Toilette. Ein schlichtes schwarzes Schneiderkleid, das ihre schmale hohe Figur knapp und rührend sachlich umschließt. Der kleine schwarze Hut gibt das Gesicht und die traurigen Augen preis.

Alle sehen, wie sie Heise rasch und heimlich ermutigend und voll verhaltener mitleidender Liebe grüßt. Sie wird vereidigt und zur Wahrheit ermahnt. Eine banale Form. Diese Frau lügt nicht. Sie blickt stolz und zugleich demütig auf den Richter.

»Gnädige Frau,« beginnt der Präsident unter lautloser Stille – die Sensationsgier raubt den Hörern den Atem – der Vorsitzende ist jetzt nur Weltmann, seine Stimme ist zärtlich schmiegsam – »gnädige Frau, die Pflicht gebietet mir, einige peinliche Fragen an Sie zu richten. Ich bitte Sie, mir offen und ohne Rückhalt zu antworten. Sie wissen, an Ihren Worten hängt das Leben eines Mannes.«

»Ich weiß es,« sagt sie leise und bewegt.

»Sie haben Bara geliebt?«

»Ich glaubte es.«

»Er hat Sie betrogen?«

Ihr bleiches Gesicht rötet unvergessene Schmach. Sie denkt an die erniedrigenden Stunden, in denen sie am Fenster des Hotelzimmers gestanden und auf sein Kommen gewartet hat.

»Ja,« sagt sie lehr leise.

Lebhafte Empörung unter den Damen. Sie werden zur Einheit mit dieser beleidigten großen Frau und Künstlerin. Nur Viola Windal beugt die Stirn. Sie weiß, sie allein, daß Bara die Frau dort nicht betrogen hat. Sie nur betrügen wollte – –

»Der Angeklagte wußte von dieser Beleidigung?« fragt die Stimme des Vorsitzenden.

»Ja.«

»Woher?«

»Ich hatte an dem Abend der Premiere eine laute öffentliche Erörterung mit Bara hinter der Szene. Dabei hat Bara mich gegen die Wand des Bühnenganges geschleudert. Herr – Heise war zugegen.«

»Aha. Und Sie sind davon überzeugt, Sie können fast sagen, Sie *wissen* es, daß der Angeklagte, um Bara für diese Brutalität zu züchtigen, Ihren Beleidiger zunächst hinter der Bühne angriff, dafür entlassen wurde und ihn dann in seiner Garderobe getötet hat?«

In die Stille der Spannung klingt es wie ein Gelübde:

»Ich bin davon überzeugt wie von meinem Leben.«

Sie sieht hinreißend aus in diesem Augenblick. Die Erregung, die Gewißheit, geliebt, bis zum Verbrechen geliebt zu werden, macht Fatma jung und schön, wie sie sonst nur unter der Schminke auf der Bühne ist.

Ein hörbarer Hauch der Entladung, ein Massenodem der Befriedigung seufzt durch den Saal. Der Angeklagte ist gerettet. Diese herrliche Frau hat ihm das Leben geschenkt. Kein Wunder, daß er das für diese Frau getan hat. Jeder der Männer auf den Bänken fühlt in sich die Kraft, den Glauben, die Gewißheit, daß er für sie ebenso, genau so gehandelt hätte.

»Danke sehr, gnädige Frau.« Der Präsident verbeugt sich anmutig gegen die große Künstlerin, die seit Tagen Abend für Abend Berlin bezaubert.

Alles ist nun gesagt. Jetzt wird er den Angeklagten über die Vorgänge in der Garderobe Baras vernehmen, wird ihm geschickt und unmerklich das Wort – »Notwehr« auf die Zunge hexen, dann wird man anstandshalber noch einige Zeugen hören, und in einer Stunde ist alles vorbei und entschieden. Nach einem turbulenten gefährlichen Anfang geht nun alles einem guten Ende zu.

Fatma will sich setzen. Da erhebt sich der Staatsanwalt. Er weiß, er spielt heute keine glückliche Figur. Doch er will wenigstens das Gesicht wahren. Dem Schein genügen.

»Noch einen Augenblick, gnädige Frau,« bittet er untertänig.

Fatma wendet sich ihm erstaunt zu.

»Eine Frage höchst privater und delikater Natur. Doch ich muß sie stellen. Viel hängt für mich von Ihrer Antwort ab. Sie behaupten, daß der Angeklagte Sie liebt?«

Das Publikum kocht auf in Entrüstung. Was soll diese läppische, taktlose, täppische Frage? Natürlich liebt er sie. Was denn sonst?!

Der Staatsanwalt spürt den üblen Eindruck. Er will verwischen, sich salvieren.

»Der Liebe sind wir bereit, viel, vielleicht alles zu verzeihen,« lächelt er bedeutungsvoll.

»Ich glaube, das Herz Peter Heises zu besitzen,« entgegnet sie mit dem leisen Hochmut der geliebten Frau.

»Hat er Ihnen seine Liebe jemals *bekannt?*« beharrt der Ankläger. Jetzt ist er bei dem Kernpunkt seiner Frage.

Da lächelt Fatma. Sie ist gewohnt, auf der Bühne, vor Tausenden souverän zu herrschen. Sie lächelt diesen kleinen wichtigtuenden Staatsanwalt in Grund und Boden. Vernichtend stellt sie die Gegenfrage:

»Ist Ihnen die Tat Peter Heises noch nicht Bekenntnis genug?«

Da gibt es kein Halten mehr. Da verliert jede Warnung ihren Sinn. Das Publikum brüllt: Bravo! Bravo! Applaudiert stürmisch und anhaltend.

Der Präsident hebt nur nachsichtig die Hand, wie zum Faschistengruß, in die Luft.

Heise steht stumm auf seinem Platz. Er kennt dieses törichte Ammenmärchen. Was soll er tun? Er kann der Frau nicht hier widersprechen. Er kann sie nicht vor aller Öffentlichkeit bloßstellen. Das kann er als Mann nicht tun. Er schweigt. Er läßt den Unsinn walten.

»Danke sehr, gnädige Frau,« sagt der Präsident.

Fatma Nansen setzt sich auf die Zeugenbank.

Der Vorsitzende wendet sich wieder dem Angeklagten zu:

»Wo haben Sie Bara angegriffen?« fragt er liebenswürdig.

Heise zauderte. Vorsicht! Jo nicht verraten!

»Im Garderobengang.«

»Der Garderobengang ist lang. In der Nähe welcher Garderobe? Können Sie es nicht etwas präziser angeben?«

»Vor der Garderobe von Fräulein Ternitz.«

Besser, es selbst sagen. Es läßt sich durch Zeugen womöglich feststellen. Das ist schlimmer und verdächtiger.

»Fräulein Ternitz,« befiehlt der Vorsitzende.

Teilnahmslose Stille empfängt die Sopranistin. Sie war keine Sensationsfigur dieses Prozesses.

Der Präsident begrüßt sie mit einer kleinen Vorbeugung. Jo erwidert sie mit schüchterner Anmut.

»Es handelt sich um Folgendes, Fräulein Ternitz. Am Tage der Premiere gab es einen Streit vor Ihrer Garderobe im Theater.«

Zögernd nickt sie. Sie will dem Geliebten nicht schaden, auch wenn er für Fatma Nansen getötet hat. Ihre Liebe ist rein und von jeder Selbstsucht geläutert worden.

»Der Streit ging zwischen dem Angeklagten und Bara?«

Wieder nickt sie zaghaft.

»Wissen Sie, weshalb Heise Herrn Bara angegriffen hat?«

»Ja,« antwortet Jo leise. Sie kann unter ihrem Eid nicht lügen. Ihre ehrliche Natur kann es nicht.

Heise erbleicht. Jetzt wird sie es sagen.

»Nicht!« entfährt es ihm laut wider Willen.

Alles wundert sich, soweit man sich über diesen merkwürdigen Menschen noch wundern kann. Er geht in seiner posierten Diskretion wirklich ein bißchen zu weit. Jeder weiß doch nun, daß er es für Fatma Nansen getan hat. Sie hat es doch selbst gesagt. Wozu noch diese übertriebene Ritterlichkeit, die nachgerade komisch wird.

»Ruhe, Angeklagter!« ruft der Vorsitzende. »Beeinflussen Sie mir die Zeugin nicht! Was wollten Sie sagen, Fräulein Ternitz?«

»Herr Heise hat Bara wegen einer Frau angegriffen.«

»Das wissen wir. Wer war die Dame, für die er eingetreten ist?«

Sie zögert. Sie muß die Wahrheit sagen. Sie steht unter ihrem Eid. Sie muß ihm schaden. Sie ist bleich bis in die Lippen. Der Vorsitzende greift hilfreich ein.

»War es für Frau Fatma Nansen?«

Doch Jo schüttelt den Kopf.

»Nein,« sagt sie kaum hörbar, »nicht für Frau Nansen. Er tat es für mich!«

16

Da brach ein Sturm los. Das war zuviel für einen Vormittag. Eine Lawine der Überraschung donnerte zu Tal und riß die Hörer mit in den Abgrund wilden Tumultes.

An der Wahrheit dieser leisen Worte, die der Angeklagte hatte verhindern wollen, war kein Zweifel möglich.

Jetzt siedete die Zuhörerschaft auf in entfesseltem Ungestüm. Da stand noch eine Frau, für die er es getan haben sollte! Hatte denn Bara auch mit der eine Liebschaft gehabt? War sie etwa die, mit der er die Nansen betrogen hatte? Liebte die auch den Angeklagten? Die Sache wurde ja immer aufregender, toller!

Das geistvolle Gesicht des Vorsitzenden verriet zum ersten Mal während dieser chaotischen Verhandlung einige Verwirrung. Er hatte viel von seiner olympischen Ruhe und Hoheit verloren. Auch er war aus dem Hinterhalte überfallen worden. Er vergaß, Ruhe zu gebieten. Auch er starrte auf das junge Weib, das den Prozeß wieder in eine neue Richtung wirbelte.

Doch er faßte sich zuerst. Er stellt Jos Beichte nicht in Frage. Nur wissen wollte er und alle im Saal, warum der Angeklagte auch sie gegen Bara geschützt habe und habe schützen müssen.

Da erzählte Jo.

Es war still im Saal, während sie erzählte, klug und unmerklich eskortiert von des Präsidenten leitenden Worten. Von ihrer Liebe sprach sie ohne Scheu, daß ihr Heise schon vom ersten Tag der Probe gefallen habe, daß sie ihn dann angesprochen hatte – alles erzählte sie.

Heise hörte ihr schmerzlich betäubt zu.

Und wie Bara dann am Tage der Premiere in ihre Garderobe eingedrungen sei, schilderte sie, offenbar, um sich ihr gegen ihre Willen zu nähern. Dann war Heise dazugekommen, hatte Bara auf den Garderobengang hinaus geschleudert.

Alles hörte gespannt, verwirrt zu. Der Vorsitzende verleiht der allgemeinen Neugier Worte.

»Es kann also kein Zweifel daran bestehen, Fräulein Ternitz, daß der Angeklagte Sie liebte.«

»Ich glaube, nicht,« entgegnet sie scheu.

Der Vorsitzende wendet sich an Heise.

»Angeklagter, die Sache ist nun etwas wirr geworden. Wollen Sie uns nun nicht endlich sagen, welche von den beiden Damen Sie lieben und für welche Sie Bara angefallen haben?«

Alles lauscht. Alles hält den Atem an.

»Ich liebe Jo Ternitz,« gesteht Heise bleich.

Aller Augen richten sich auf Fatma Nansen. Sie begreift nichts. Sie sitzt zusammengeduckt auf der Bank. Sie fühlt aller Blicke auf sich. Sie ist verraten und verlassen, die Ärmste. Also war alles Täuschung und Einbildung? Der Mann hat sie nicht geliebt und nicht für sie getötet! Alles war ein Irrtum. Sie macht sich ganz klein und unscheinbar. *Will* übersehen werden, will nicht mehr anwesend sein. Ihren Platz hat eine andere Frau eingenonmen. Eine junge, lebensvolle, lebenssichere. Sie hat ausgespielt. Hier und im Leben. Sie hat die letzte vernichtende Niederlage erlitten. Hatte sich noch einmal an ein Wunder geklammert, ihr Leben zu retten. Aber Wunder erblühten nicht auf dieser tragischen Erde. Vorbei, Sie weiß, was ihr bleibt.

Sie fühlte seltsam klar durch den rasenden Schmerz in ihrem Kopf hindurch, wie die Verhandlung rücksichtslos, ohne Erbarmen über sie fortging mit jener Brutalität der Großstadt, für die nur das Letzte, das Neueste, das Aktuellste Leben und Wichtigkeit hat.

Sie hatte geglaubt, dieser Tag des Gerichts würde für sie ein neuer Aufstieg und vielleicht – ja, ja, ja, sie hatte an Liebe und Ehe gedacht! Doch! Doch!

Hatte sich hinabneigen wollen, mit einer schönen erhebenden Geste zu dem unbekannten Chorsänger, der für sie sein Leben in die Schanze geschlagen hatte. Und alles war nun zerschellt und gescheitert. Vergessen und übergangen duckte sich eine große Vergangenheit ganz klein und unauffällig auf der Zeugenbank zusammen.

Viola Windal bäumte sich auf in Eifersucht. Sie wußte, vor diesem jungen sprühenden Mädchen hatte sie keine Chancen. Auch sie fühlte sich vom Schicksal enterbt und entrechtet.

Durch den Gerichtssaal aber flatterte eine neue be-
schwingte Stimmung. Die Nansen hat sich die Liebe
Heises eingebildet. Armes Weib. Aber dennoch ist alles wahr! Also hatten die Frauen von Berlin, die Presse,
alle jene, die in dieser egoistischen Zeit noch an Adel
der Seele, an Rittertum, an selbstlose opferfreudige
Frauenretter glaubten, alle, die den Angeklagten ver-
ehrt und bewundert hatten, doch Recht behalten. Also
hatte er doch die Tat begangen in Verteidigung einer
Frau! In flagrantester Verteidigung der Unschuld eines
jungen keuschen Mädchens hatte er sein Engagement
verloren, war ihretwegen brotlos geworden.

Gesteigert flog ihm bewunderndes Mitgefühl aller
zu. Abbitte für den Abfall von vorhin strömte ein auf
den heroischen, arg verkannten Mann.

Der Verteidiger blickte wieder stolz und siegesfroh.

Heise hatte sich mit der Wendung der Verhandlung
abgefunden. Die allgemeine lebendige Teilnahme an
Jos Erzählung hatte ihn mit der Enthüllung ihrer Liebe versöhnt.

Jos Vernehmung war beendet. Sie setzte sich neben
die arme, vernichtete Kollegin. Sie wollte ihr Trost
und Zuspruch spenden, wagte es aber nicht.

»Nun,« wandte sich, Freundlichkeit wieder in
Stimme und im verbindlichen Lächeln, der Vorsitzende an Heise, »wollen Sie noch leugnen, daß Sie
zur Verteidigung von Fräulein Ternitz Bara angegriffen haben?«

Da strahlte des Angeklagten knorriges, scharfes Friesengesicht auf. Es wurde weich und zerschmolz in Zärtlichkeit.

»Ja,« sagte er laut und bekennerselig, »ihretwegen habe ich alles getan.«

»Geben Sie die Tötung zu?« schlug der Präsident eine rasche Finte nach.

Das wehrte Heise ab, doch weniger schroff und manierlicher im Banne der Gegenwart Jos.

»Ich weiß von der Tötung nichts, Herr Präsident. Ich habe sie nicht begangen.«

»Aber sie sagten doch eben wörtlich: ›Ihretwegen habe ich alles getan,‹« nagelte der Präsident den Angeklagten fest.

»Damit meinte ich doch nur, ihretwegen habe ich mich auf die Verhandlung gefreut. Ihretwegen habe ich vorhin gesungen. Ihretwegen will ich mir die Rolle erzwingen. Begreifen Sie bitte doch! Sie ist eine berühmte Frau, eine der ersten Sängerinnen Deutschlands. Und ich? Ein entlassener Chorist ohne einen Pfennig Vermögen. Wir lieben uns. Wir gehören zusammen. Aber kann ein anständiger Mann, der nichts ist und nichts hat, eine berühmte Frau heiraten? Würden Sie das tun? *Ich* kann es jedenfalls nicht. Und darum *muß* ich hinauf, *muß* ich etwas werden, *muß* ich die Rolle erhalten. Und dann heiraten wir. So liegt es. Jetzt wissen Sie alles.«

Da jauchzte die Menge auf. Das war ein Mann! Das waren Worte, die man nicht alle Tage hörte. Das war ein Rausch der Liebe und Dankbarkeit für alle diese kleinen Mädchen im Saal. Ein Held, der heiraten wollte! Richtig, ehrlich und gut bürgerlich die Frau seiner Liebe, für die er gemordet hatte, zum Altar führen wollte. Keine Flausen von freier Liebe, Kameradschaftehe, Künstlerehe auf Probe und wie diese neumodischen Ausflüchte neuzeitlicher Verführer alle hießen. Gipfel idealer Liebe! Noch blühte die blaue Wunderblume wahrer Herzenswonne in dieser entidealisierten Welt.

Die Verhandlung drohte, in ein Jubelfest fraulicher Hingerissenheit auszuarten. Der Präsident mußte dämpfen, mußte die Zügel, die er in der hochgehenden seelenvollen Begeisterung sich wieder hatte entgleiten lassen, abermals fester raffen.

Er suchte jetzt den Angeklagten zu bewegen, den Mord oder doch den Totschlag, jedenfalls doch aber einen Akt der Notwehr in der Garderobe Baras zuzugeben. Heise leugnete hartnäckig und unverständlich. Blieb dabei, Bara habe tot und blutend am Boden gelegen, als er in die Garderobe gekommen sei.

Der Streit ging hin und her unter bewegter Teilnahme des Publikums. Warum gab dieser großmütige romantische Mann diese Bagatelle nicht endlich zu?! Geschehen konnte ihm doch kaum noch etwas.

Allzugern wäre manche tiefbewegte junge Schöne hin zu ihm gegangen, hätte ihn sanft aufgerüttelt und ihm gut zugesprochen: »Sag es doch, sag es doch endlich! Was liegt an diesem Bösewicht! Sag doch, daß du ihn für immer unschädlich machen wolltest.«

Das Publikum lebte mit, wie bei einem Meisterschafts-Fußballkampf, bei diesem Rededuell zwischen dem Präsidenten und Heise.

Der Angeklagte blieb unsinnig verstockt und verblödet.

Obwohl der Vorsitzende wie der Verteidiger – unter Protest des Staatsanwalts – ihm das Wort »Notwehr« zugespielt, fast aufgedrungen hatten, blieb er in hartnäckiger Verbocktheit bei der lächerlichen Behauptung, Bara sei tot gewesen, als er in seine Garderobe gekommen war.

»Weshalb sind Sie denn in die Garderobe gegangen?« fragte der Präsident.

»Ich wollte Bara warnen, sich wieder Jo zu nähern,« bekannte Heise wahrheitsgetreu.

»Und da sollen wir Ihnen glauben, daß Bara schon tot war! Dieses Märchen können Sie uns im Ernst doch nicht zumuten.«

Heise verschlechterte in diesem Fluten der Stimmung einer Gerichtsverhandlung, dem ewigen Steigen und Fallen der Volksgunst, mit diesem feigen Leugnen seine Lage zusehends.

Ein allgemeines Bedauern griff um sich. Einige der Geschworenen schüttelten mißmutig und mißfällig die Köpfe. Ein böses Vorzeichen. Auf allen Mienen stand zu lesen: wenn einer den Mut hat, für eine Frau, die er liebt und heiraten will, einen andern zu erschlagen, du meine Güte, dann soll er doch auch die Kourage aufbringen, die Tat auf sich zu nehmen. Der Kerl da

war und blieb doch ein übler Rennomist und Wasch-
lappen.

Das Wohlwollen aller hatte er wieder einmal gründlich verscherzt. Er hatte sich von seinem Piedestal
hinabgestürzt. Die arme schöne Jo Ternitz! Sich an
diesen Feigling wegzuwerfen. Sie, die bei ihrer be-
zwingenden Jugend und Karriere – die Staatsoper war
ihr sicher – jede Partie in Berlin machen konnte. Ein
Unglück für sie, sich ausgerechnet in diesen Tropf zu
vergaffen. Ja, wo die Liebe hinfällt – –

Schade, schade! Jedenfalls würde sie ihre Ehe noch
einige Jährchen vertagen müssen. Denn das erkannte
nun schon jeder kundige Thebaner: wenn sie ihn auch
nicht zum Tode verurteilten, frei kam er nach diesem
erbärmlichen Kneifen nun nicht mehr. Sie würden es
auf Totschlag frisieren, ihm mildernde Umstände –
Jos wegen – zubilligen und ihn auf einige Jahre ins
Kittchen schließen. So lautete die totsichere Prognose
aller Kriminalstudenten und Habitués von Moabit, die
mit dem zweiten Schub des Publikums eingedrungen
waren.

Jedes Interesse war verraucht. Zeuge auf Zeugin
trat vor den Richtertisch und bekundete, daß Heise an
jenem Abend, nach der Entlassung, vor allen Ohren
gesagt hatte, er habe noch ein Wort mit Bara zu sprechen, und daß viele ihm abgeraten hatten, sich wegen
dieses Menschen ins Unglück zu stürzen.

Und jedesmal notierte der Staatsanwalt gelangweilt,
jedesmal wurde der Verteidiger verzagter, jedesmal
fragte der Präsident:

»Wollen Sie immer noch nicht gestehen? Soll ich noch mehr Zeugen vernehmen?«

Immer ungeduldiger ergrimmte das Publikum, und immer zäher schrie Heise: »Ich habe das gesagt, das gebe ich doch zu, aber getan habe ich es nicht!!«

»Merkwürdig, daß Sie aber doch in Baras Garderobe gegangen sind, und daß Bara gleich darauf tot war. Ein sonderbarer Zufall!« höhnte verärgert der Präsident. Und alle stimmten ihm zu.

Der Garderobier Baras wurde vernommen. Er wußte nichts zu dem Mord zu bekunden. Er sang des Tenors Ruhm. Er war der Einzige. An diesem Abend, gerade an diesem unseligen Abend, war er nicht zugegen gewesen.

»Zum ersten Male seit zwölf Jahren, Herr Präsident, bin ich früher fortgegangen, und da muß gleich sowas passieren! Herr Bara hat mich fortgeschickt, weil meine Frau an dem Tag an Krebs – Brustkrebs, Herr Vorsitzender, operiert worden war. Und da bat ich Herrn Bara – –«

Der Vorsitzende unterbrach: »Sie waren also abwesend und wissen zur Sache nichts zu sagen?«

»Nun nichts, kann man gerade nicht sagen, Herr Präsident. Herr Bara hatte mir in seiner Güte gestattet – –«

»Danke. Der Theaterarzt Professor Windal!«

Professor Windal, ein Hüne mit rötlichem Haar und Schnurrbart, ein Mann, der eher einem hinterwäldlerischen Landdoktor als einem Modearzt des Berliner Westens ähnelte, trat herein. Es gab kaum zwei äußerlich ungleichere Menschen als Viola Windal und ihren Mann. Sie grüßte ihn mit geheimem Nicken. Er hatte sie sofort bei seinem Eintritt erspäht. Hastig erwiderte er ihren Gruß nur mit den Augen. Er litt unter der linkischen Verlegenheit der übergroßen Menschen. In seinem bleichen Gesicht staken die Sommersprossen wie bronzene Reißnägel.

»Herr Professor,« begann der Präsident, »der Portier des Theaters hat uns berichtet, daß er Sie telefonisch anrief, als er auf seinem letzten Inspektionsgange durch die Bühnenräume Licht in der Garderobe Baras gesehen hatte, hineingegangen war und die Leiche fand.«

»Das stimmt,« erwiderte der Zeuge mit einer schwachen Stimme, die bei der Größe des Körpers überraschte.

»Sie sind dann sofort ins Theater gefahren?«

»Ja.«

»Wie spät war es, als Sie zum Theater kamen?«

»Ein Viertel vor Zwölf.«

»Vor *Elf!*« rief eine Stimme aus dem Publikum.

Der Vorsitzende, alle sahen verwundert auf den Rufer.

In einer der vorderen Zuschauerreihen saß ein Mann in der Kleidung eines Taxichauffeurs. Auch er war erst mit dem zweiten Zuschauer-Aufgebot in den Saal gekommen. Ein purer Zufall. Hätte der Vorsitzende den Saal nicht von den ersten glücklichen Kartenbesitzern räumen lassen, dann wäre diese Chauffeurstimme niemals hier im Schwurgerichtssaal laut geworden. An solchen Zufällen hängt Leben und Erfolg.

»Ruhe!« empörte sich der Präsident, schon arg ermüdet und abgekämpft. »Ich verbitte mir dringend jede Störung.«

Doch der Chauffeur war ein Pedant und Pünktlichkeitsfex. Er kannte seine Uhr und haßte falsche Zeitangaben wie nichts auf dieser Welt. Wo käme man als Chauffeur auch hin, wenn man mit den Stunden umspränge wie mit einer lockeren kleinen Frau auf dem Witwenball!

»Ich wollte bloß sagen, Herr Präsident,« stellte er in gewohnter Gründlichkeit fest, »es war viertel vor Elf, nicht vor Zwölf. Weiter hatte ich nichts zu bemerken.«

»Woher wissen Sie das so genau?« nörgelte erstaunt der Vorsitzende.

»Ich? Der Herr ist doch um halb elf in meinen Wagen gestiegen. Am Lehniner Platz.«

Der Präsident wandte sich, noch ohne jeden Argwohn, ohne Verwunderung, nur in dem Wunsche, selbst belanglose Widersprüche aufzuklären, an den Arzt:

»Stimmt das?«

»Nein,« sagte Professor Windal, »es war halb zwölf.«

»Es kann ja auch nicht stimmen,« sprang hier der Staatsanwalt ein. »Wir haben doch eben von dem Portier gehört, daß er Herrn Professor Windal um halb *zwölf* angerufen und ihn persönlich am Telephon gesprochen hat.«

»Is richtig,« bestätigte der Portier, der heute große Gala angelegt hatte, von der Zeugenbank aus.

»Es war halb *elf*,« stellte der Chauffeur unbeirrbar sachlich fest.

»Sie hören doch aber –« der Präsident unterbrach sich. »Kommen Sie hier vor zum Tisch. Vom Zuhörerraum aus können wir nicht verhandeln.«

Der Mann kam vor zur Richterestrade.

Nachdem seine Personalien festgestellt waren, suchte der Vorsitzende diese Bagatelle aus der glatten Bahn des Prozesses fortzuräumen, der nun seinem Ende zurollte.

»Vielleicht täuschen Sie sich in dem Fahrgast, Chauffeur. Sie können sich doch unmöglich nach Wochen noch jedes Menschen erinnern, den Sie einmal gefahren haben.«

»Oh,« lachte der Mann, »so 'nen Herrn, wie den Herrn Professor, den kennt man immer wieder.«

Sein Blick stieg an der wuchtigen Größe des Arztes langsam klimmend empor.

Das Publikum lachte mit. Es maß dieser Episode noch keinerlei Bedeutung zu, sah in diesem eifrigen Zeitverkünder nur eine drollige und amüsante Unterbrechung der langweiligen Zeugenvernehmung.

»Aber Sie hören doch, Herr Professor Windal war um halb zwölf in seiner Wohnung,« suchte der Präsident den Widerspenstigen zu bekehren.

»Das kann ja alles sein, Herr Präsident. Jedenfalls um halb *Elf* hab ich ihn gefahren. Das weiß ich so gewiß, wie ich Sie da vor mir sehe, Herr Präsident. Das kann der Herr Professor auch garnicht ernstlich in Abrede stellen.«

»Es ist nicht wahr,« widersprach Windal matt. Es war wohl so seine Art.

Da wurde der ehrliche Autofahrer fuchsteufelswild.

»Da hört denn doch Verschiedenes auf,« brüllte er los. »Wollen Sie mich hier, wo ich geschworen hab, als meineidig hinstellen? Sie wissen es ja auch ganz genau. Als wir vor's Theater kamen, war es gerade aus. Wissen Sie das oder wissen Sie das nicht?«

Der Vorsitzende hatte den Mann reden lassen, seiner Methode folgend, die aus sprudelnden Worten schon manche Klärung hatte quellen sehen. Jetzt griff er ein.

»Hallo, hallo, der Wagen geht Ihnen durch, Herr Chauffeur. Bremsen Sie mal ein bißchen. Fragen stelle *ich* hier. Was sagen Sie zu dem, was der Zeuge Ihnen vorhält, Herr Professor?«

»Der Zeuge irrt sich,« sagte der Arzt.

Der Zeuge wollte seinem Zornmotor wieder Vollgas geben. Doch der Staatsanwalt griff abermals ein.

»Ich glaube, wir können über diesen scheinbaren Widerspruch in den Bekundungen der Zeugen hinweg gehen. Für das, was uns hier allein interessiert, ist diese Divergenz ohne jede Bedeutung. Wir wissen, der Portier hat kurz vor halb zwölf der Mord entdeckt

214

und sofort den Arzt und die Polizei verständigt. Die Mordkommission ist ebenfalls, wie wir wissen, kurz nach halb zwölf am Tatort eingetroffen.«

»Auch ich sehe keinen Grund, bei diesem Zwischenfall länger zu verweilen,« entschied der Präsident.

Die Beisitzer und Schöffen nickten zustimmend.

»Sie können gehen,« entließ der Vorsitzende den indignierten Chauffeur. Es war doch halb *Elf!*

Der Verteidiger aber, der neuen Ruhm aus dieser sensationellen Verhandlung erhofft hatte und einen peinlichen Mißerfolg heraufdämmern sah, war nicht gesonnen, dieses Intermezzo, das ein Gott ihm geschenkt hatte, ungenützt entschlüpfen zu lassen. Er erkannte noch keinen Vorteil für seinen Klienten, spekulierte aber darauf, daß jede Verwirrung, jede Verschüttung des leider allzu klaren widrigen Tatbestandes eine Trübung des Urteils, Zweifel der Meinungen, also Nutzen für Heise erzeugen könne. Darum protestierte er.

»Herr Vorsitzender, ich bitte den Zeugen noch nicht zu entlassen. Dieser Widerspruch erscheint mir doch von der aller weittragendsten Wichtigkeit.«

»Nanu!« staunte der Versitzende.

Der Verteidiger wußte selbst noch nicht, worauf er hinaus wollte. Kühn sprach er weiter.

»Es erscheint mir doch völlig ausgeschlossen, daß man derartige Einzelheiten verwechselt. Der Chauffeur erzählt uns, die Vorstellung war gerade zu Ende, Professor Windal bestreitet das. Er − −«

»Sie war auch gerade zu Ende,« hieb der Chauffeur gekränkt dazwischen. »Ich bekam dadurch gleich 'ne neue Fuhre.«

»Da hören Sie es,« triumphierte der Anwalt, ohne recht zu wissen, worüber er jauchzte. »Ich muß doch sagen, daß nach meinem Gefühl die Worte dieses wackeren Mannes aus dem Volke den Stempel der Wahrheit tragen.«

»Es war halb *Elf!*« trotzte der belobte Bürger.

»Ich stelle mich an die Seite dieses Zeugen, der einen unerhört sicheren und überzeugenden Eindruck macht. Ich kann mich dem Eindruck nicht verschließen – –«

Hier fing der Vorsitzende den Verteidiger auf. Diese Nichtigkeit drohte ins Uferlose zu verschwimmen.

»Aber Herr Rechtsanwalt, selbst wenn dieser brave Mann die Wahrheit sagt, selbst wenn er sich nicht irrt, was folgt daraus für unsern Fall?«

»Was daraus folgt?« wiederholte der Verteidiger, Zeit zu gewinnen. Noch war ihm höchst unklar, was daraus folgte. Doch mutig rief er:

»Alles.«

Das Publikum wurde aufmerksam. Was suchte, was verfocht, was verfolgte der Mann in der seidenen Robe? Es ahnte nicht, daß er windige Spiegelfechterei trieb. Es horchte auf.

Viola folgte teilnahmslos dem Wortgeplänkel. Sie ahnte noch nicht, daß ihr Schicksal auf dem Spiel stand.

»Ich bitte, sich näher und verständlicher zu äußern,« forderte kühl und ablehnend der Präsident.

»Der Angeklagte leugnet die Tat,« redete der Verteidiger noch ins Blaue hinein. »Schon lange spukt in diesem Prozeß die Frage: wer ist der Täter? Jetzt hören wir plötzlich einwandfrei, – ein – wand – frei! daß jemand, der nicht unter dem Theaterpublikum war, um ein Viertel vor Elf – also genau zu der Zeit, zu der sich der Mord zugetragen haben kann, in das Theater gekommen ist. Wir –«

Das ging dem Präsidenten und Vielen denn doch zu weit.

»Herr Verteidiger,« unterbrach der Vorsitende, »Sie wollen doch nicht etwa behaupten oder argwöhnen, Herr Professor Windal habe den Sänger Bara ermordet?!«

Allgemeines Raunen der Entrüstung. Viola lächelt belustigt. Ihr guter Fritz ein Mörder!

Doch der Verteidiger hat sich nun zu weit vorgewagt. Er sieht keine Rückzugslinie. Es gibt nur ein Vorwärts.

»Ich frage Herrn Professor Windal hiermit,« ruft er, hoffnungslos, doch emphatisch, »was hat er ein Viertel vor Elf an jenem Mordtage im Theater getan?«

Der Staatsanwalt, die Schöffen schütteln die Köpfe über diesen hartgesottenen Unverstand. Der Professor war doch um Viertel vor Elf garnicht im Theater! Der Chauffeur verwechselt offensichtlich den Tag. So was von zweckloser zeitvergeudender Wichtigtuerei!

Nur um sich als Verteidiger jetzt zum Schluß noch aufzuspielen.

Der Vorsitzende sucht zu vermitteln.

»Herr Verteidiger, es ist doch sonnenklar, daß der Chauffeur sich irrt. Um aber nochmals festzustellen, daß Professor Windal an jenem Abend erst um halb Zwölf gerufen wurde und um dreiviertel Zwölf erst im Theater eintraf, – die ganze Angelegenheit ist so unerheblich, wie nur irgend möglich, – frage ich den Zeugen Professor Windal nochmals unter seinem Eide – Sie sind ja als Zeuge und Sachverständiger vereidigt worden – dann bitte ich aber wirklich, diesen Zwischenfall als erledigt zu betrachten: ›Waren Sie am Mordtage schon einmal im Theater, ehe Sie von dem Portier angerufen wurden?‹«

»Nein,« sagte Professor Windal.

Doch mit diesem kleinen Worte war der Zwischenfall *nicht* erledigt. Mit diesem kleinen, kurzen Wort begann er erst. Denn der Arzt preßte dieses Wort so beklommen, so verstört, so mühsam hervor, machte einen so verlorenen, versagenden, schuldbewußten Eindruck, daß jeder im Saal stutzig wurde. Der Mann verfiel in Sekunden, sackte innerlich und äußerlich zusammen, stand da, Leben gewordenes böses Gewissen, ein Meineidiger.

Eine neue Erregung strömte auf die Massen über, lud ihre erschlafften Nerven mit frischen, hochgespannten Elektrizitäten.

Die Berichtspersonen erbleichten vor Überraschung. Viola fühlte eine Leere im Kopf wie vor einer Ohnmacht.

Doch rascher, als alle, handelte der Verteidiger. Er hatte den vagen Sprung ins Dunkle gewagt und dort zu seiner eigenen größten Verblüffung eine neue Spur, vielleicht gar – den Mörder gefunden. Er begriff seinen Dusel im Augenblick. Er erkannte auch, an Sekunden hing sein Ruhm, seine glorreiche Laufbahn, die Sage von seinem unbestechlichen Scharfsinn, *seine* größte Chance. Keiner durfte ihm zuvorkommen. *Er* mußte den Täter stellen. Mußte tun, als habe er diesen Verdacht schon immer gehegt, diese Spur schon immer verfolgt und bisher nur eine Gerichtskomödie aufgeführt.

Laut rief er in den Saal, den Arm, an dem der weite Ärmel der Robe düster flatterte, anklagend gegen Professor Windal ausgestreckt:

»Meine Herren, der Mörder Henry Baras steht – dort!«

Ehe sich einer von seinem Staunen, Grauen, seiner Bestürzung erholen konnte, brach der Hüne aufschluchzend am Richtertisch nieder.

Aus der Mitte der Hörer gellte der entmenschte Schrei einer Frauenkehle zur Decke des Saals empor.

17

Der verräterische Aufschrei zog magnetisch alle Augen auf die unselige Frau. Man schleppte Viola vor den Richtertisch. Sie war eine Liliputanerin neben dem hünenhaften Mann. Doch jetzt, wie immer im öffentlichen Leben, ihm an Kraft und Haltung überlegen, nachdem sie dem ersten begreifenden grauenvollen Entsetzen ihr Frauenopfer gebracht hatte.

Professor Windal hatte sich erhoben. Ein Verlorener, Vernichteter, schon Gerichteter.

Wieder standen ein Mann und eine Frau im glühendsten Brennpunkt konzentriertester Neugier und Erwartung.

Windal wich den sengend fragenden Augen seines Weibes aus. Sein unsteter Blick irrte über den Boden, als er mühsam seine Erzählung hervorquälte. Niemals an diesem abwechslungsreichen Tage war es so still in dem Saal gewesen, als während dieser verzweifelten Beichte einer tragischen Liebe.

»Am Tage vor der Premiere machte ich einen Krankenbesuch in Halensee, in der Nestorstraße. Plötzlich hörte ich Gesang in der Wohnung, die über der des Patienten lag. Man sagte mir, dort wohnt seit einigen Tagen der große Sänger Bara. Als ich die Treppe hinunterging, öffnete sich gerade die Tür der Wohnung Baras – ich sah meine Frau aus der Tür kommen.«

Viola warf in greller Erkenntnis den schönen Kopf zurück.

»Ich blieb stehen. War wie gelähmt.«

Viola klammerte sich an den Richtertisch.

»Abends habe ich sie gefragt, was sie tagsüber getrieben hätte. Sie sagte von dem Besuch bei Bara nichts. Da wußte ich alles.«

»Es ist nicht wahr!« schrie Viola auf. »Ich habe dich nicht betrogen.«

»Lassen Sie Ihren Mann ausreden,« gebot der Vorsitzende mit belegter Stimme. Viola zitterte unter haltlosem Schluchzen.

»Ich liebe sie,« Windal ächzte die Worte hervor, »liebe sie – über alles. – Ich könnte eine Trennung von ihr nicht ertragen. – Ich wollte nicht, daß sie je erfahre, daß ich es wußte. – Ein Leben ohne sie schien mir undenkbar.«

Viola stöhnte lauter.

»Ich überlegte, was ich tun sollte. Am nächsten Tag fuhr ich ins Theater.«

»Um halb *Elf*?« warf der Präsident, ergriffen wie alle andern, leise ein.

»Ja, ich wollte Bara bitten, Mann zu Mann, meine Frau aufzugeben. Von ihr zu lassen. Eine Ausflucht zu finden, daß er sie nicht mehr sehen wollte. Nie sollte sie von dieser Unterredung erfahren. Alles sollte zwischen uns bleiben, wie es war.«

Die Frau stand, den Oberkörper tief zur Erde gebeugt.

»Weiter wollte ich nichts. Ich sage die Wahrheit. Mein Leben ist zu Ende. Ich lüge nicht um mein Leben. Ich sage alles, wie es war. Ich ging in Baras Garderobe. Offenbar hat mich keiner gesehen. Er schminkte sich gerade ab. Und –«

Die Stimme zerschellte.

Viola wimmerte leise.

Das Publikum wagte nicht zu atmen.

»Fassen Sie sich!« mahnte mild der Präsident.

»Es kam alles anders. Als ich diesen Menschen sah, der mir meine Frau – –«

»Erzählen Sie weiter.«

»Er war frech, zynisch – beschimpfte noch meine Frau –«

Viola hob wimmernd das feuchte Gesicht.

»Da – ich weiß nichts mehr genau. Ich verlor die Beherrschung. Riß die Büste vom Tisch – ja, mehr weiß ich kaum.«

»Und dann?«

»Ich dachte nur an meine Frau. Wollte ihretwegen jeden Skandal vermeiden. Rannte hinaus, fuhr heim. Dann wurde ich von dem Portier angerufen.«

Er machte eine erschütternde hilflose Geste mit den gewaltigen Schultern.

»Ich wollte den Ausgang dieses Prozesses abwarten. Alles schien gut für den Angeklagten zu stehen. Wenn er freigesprochen wurde, konnte ich meine Frau weiter schonen. Wenn er verurteilt wurde – dann hätte ich alles schriftlich bekannt und das Leben meiner Frau und das meine beendet.«

Da raffte Viola sich auf.

»Darf ich jetzt sprechen?« fragte sie mit bebender Stimme.

Der Vorsitzende schüttelte den geistvollen Kopf.

»Nein, Frau Professor Windal. Sie werden in dem Prozeß gegen Ihren Gatten zu Wort kommen.«

18

Peter Heise ist wieder der Held dieses Tages. Morgen wird ein Anderer, eine Andere, ein neues Ereignis im grellen Licht des Scheinwerfers Öffentlichkeit stehen. Aber er ist der Held von *heute*.

Unter Jubel wird er freigesprochen. Er hat doch Recht gehabt zu leugnen. Man hat ihm bitter Unrecht getan. Das unglaubliche Märchen ist wahr, Bara ist tot gewesen, als er in seine Garderobe kam, Jo Ternitz vor ihm zu schützen.

Am nächsten Abend sang Peter Heise den Columbus. Buchner war nicht der Mann, sich diese Sensation von Berlin entgehen zu lassen. Doch Donna Felipa spielte nicht mehr Fatma Nansen. Es war, als ströme von dem Namen Columbus noch immer Unheil aus wie einst zu Lebzeiten und kurz nach dem Tode des großen Entdeckers. Kein Mensch der Geschichte hat mehr Unsegen gestiftet als der Genueser Christoph Colón. Seine kühne Tat ertränkte ein ganzes Volk in Blut und Tränen.

Von Unheil und Blut war auch diese Opern-Revue umwittert, die seinen Namen trug. Zwei Darsteller fielen als Opfer: Bara und Fatma Nansen. In der Nacht

nach dem Prozeß endigte sie ihr entwürdigtes und
entwertetes Dasein mit Veronal.

Das Leben ging weiter wie immer. In ihre Rolle
sprang eine andere Altistin ein. Durch Sorgen und
Kummer belehrt, hatte Buchner jetzt jede Hauptrolle
doppelt besetzt.

Das Haus war ausverkauft. Ganz Berlin wollte diesen Mann sehen, der das Schwurgericht von Moabit als Opernbühne und Sprungbrett benutzt hatte.
Es wurde ein Erfolg für Heise, wie er ihn nie in den
Nächten erträumt hatte, in denen er im Norden Berlins Särge zimmerte. Es wurde ein Erfolg seines Kön-
nens und seiner tragischen Berühmtheit.

Als der Vorhang zum letzten Mal fiel, »stand er
oben« und neben ihm stand Jo Ternitz. Es war sym-
bolisch für ihre Zukunft. – –

Wenige Wochen später wurde Professor Windal wegen Körperverletzung mit tötlichem Ausgang zu einer kurzen Freiheitsstrafe verurteilt. Bewährungsfrist
wurde ihm zugebilligt. Doch Berlin war ihm verleidet.
Er übersiedelte mit Viola in eine kleine süddeutsche
Stadt.

Ihre Rolle als Dame der Welt der Snobs war ausgespielt. Sie bereute es nicht. Ihre schmerzlichen Er-
fahrungen hatten sie geläutert. Sie wollte nur noch
eine Rolle spielen: dankbare Frau sein des Mannes,
den sie erst kennen und werten gelernt hatte in den
furchtbaren Minuten seiner Beichte vor Gericht.